El pueblo sombrío

Lucía Baquedano

EDELVIVES

Directora de la colección:
Mª José Gómez-Navarro

Equipo editorial:
Violante Krahe
Juan Nieto
Lupe Rodríguez

Dirección de arte:
Departamento de imagen y diseño GELV

Diseño de la colección:
Manuel Estrada

Fotografía de cubierta:
A.G.E.

2ª edición, 5ª impresión, julio 2005

Carretera de Madrid, km. 315,700
50012 Zaragoza
Teléfono: 913 344 883
www.edelvives.es

ISBN: 84-263-4956-0
Depósito legal: Z. 2257-05

Talleres Gráficos Edelvives (50012 Zaragoza)
Certificados ISO 9001
Printed in Spain

El 0,7% de la venta de este libro se destina a la construcción de la escuela que la ONG Solidaridad, Educación, Desarrollo (SED) gestiona en San Julián (El Salvador).

FICHA PARA BIBLIOTECAS

BAQUEDANO, Lucía (1938-)
El pueblo sombrío / Lucía Baquedano. – 2ª ed., 5ª reimp. – Zaragoza : Edelvives, 2005
134 p. ; 22 cm. – (Alandar ; 13)
"Premio de Literatura CCEI 2002"-contracub.
ISBN 84-263-4956-0
1. Navarra (España). 2. Terrorismo. 3. Solidaridad. 4. Relaciones familiares. 5. Vida rural. I. Título. II. Serie.
087.5:821.134.2-31"19"

UNO

No me esperaba en la ventana del piso alto, como un día el Padre del Hijo Pródigo.

Yo lo sentí. Lo sentí, porque si mi padre hubiera venido hacia mí, con los brazos abiertos, hubiera hecho más fácil mi vuelta al hogar.

Pero la casa estaba solitaria, como dormida, y yo la contemplaba desde la carretera sin saber qué hacer.

¿Llamaría y, cabizbaja, pediría perdón, o bien entraría dando un puntapié a la puerta, como siempre, y me comportaría como si nada hubiera pasado?

Me senté en el pretil del puente, dejando a un lado mi maleta, sin saber qué decisión tomar, mirando, sin ver, el pueblo donde había nacido.

Todo había comenzado hacía un año, cuando mi padre se presentó de improviso en el piso que compartía con mis amigos.

Hasta entonces habíamos vivido en una residencia de estudiantes, cerca del hospital. Éramos cuatro amigas, nos llevábamos muy bien, y coincidíamos en que la residencia, con sus rígidos horarios y su falta de libertad, no nos gustaba nada.

Nos controlaban hasta las amistades, ¡y menudo rapapolvo el que nos echó la directora cuando se enteró de que íbamos a casa de aquellos chicos a copiar apuntes!

Me parece que fue precisamente ese día cuando empezamos a pensar en la maravillosa independencia de un piso, y aquella buhardilla del casco antiguo de la ciudad nos encantó. Hicimos cálculos y vimos que podíamos mantenerla con el dinero que pagábamos en la residencia, así que comenzamos a acariciar la idea, y por fin decidimos el traslado.

En ningún momento pensé que a mi padre no fuese a gustarle. Nunca había sido rígido conmigo. Me dejó ir un verano a Londres para practicar el inglés, y otro a Nantes como monitora de un grupo de *boy scouts*, sin poner ninguna pega, y eso que a la abuela todo aquello le parecía un disparate. Jamás se opuso a que me fuera del pueblo para estudiar, como antes lo habían hecho mis hermanos, y eso que al irme yo se quedaba él tan solo. Pero, sin embargo, en lo del piso me falló.

Su cara no presagiaba nada bueno cuando entró. Estaba todavía jadeante por los cinco pisos que había tenido que subir, y ya tuve un mal presentimiento cuando Irene gritó desde el pasillo:

—¡Sorpresa, Isabel! ¿A que no esperabas a tu papi?

Y, después de todo, yo creo que mi pandilla no pudo causarle mala impresión.

Estábamos cuatro chicas y tres chicos. Margarita dibujando en su tablero, Irene cosiendo y los demás estudiando.

Estuvo simpático con todos. Disimuló hasta el final el motivo que le había conducido hasta allí.

Mi padre tenía cara de pueblo. Llevaba el campo impreso en ella y tenía esa inconfundible expresión del labrador, más habituado a escuchar que a hablar. Y mis amigos lo hacían tan bien...

Yo creí que se sentía fascinado. Que su silencio era admirativo. Que le interesaba tanto como a Rafa el problema laboral. Que rechazaba la sociedad de consumo tan vituperada por Margarita, quien, como protesta personal contra el lujo, vestía siempre de pana. Que a él, dichoso usufructuario del puro aire del campo, le preocupaba como a Teo la proliferación de centrales nucleares, la construcción de pantanos que ponían en peligro la fauna autóctona, los vertidos contaminantes y las antiestéticas vallas publicitarias a la entrada de las ciudades, y en fin, que sentía como Emilio el mismo impotente horror por los noventa mil desaparecidos de Iberoamérica.

No. Mi padre, pese a toda la atención prestada, no había entendido nada.

Estoy segura de que ya había ido con la intención de sacarme de allí, y de que nada podía hacerle cambiar de idea.

Se le notaba en la forma de asir el frágil vasito de plástico donde le servimos el café, y supe que al tomarlo estaba pensando en las hermosas tazas de loza que teníamos en el pueblo. Miraba con cierta prevención la servilleta de papel, que se perdía en sus grandes manos de muidor, y también yo, involuntariamente, dejé volar mi imaginación hacia las mantelerías de grandes servilletas de algodón a cuadros que la abuela extendía sobre la mesa de casa.

No. Pensándolo bien, no creo que fueran las piernas de Emilio las culpables de todo, por más que mi padre se quedara de piedra al contemplarlas tan a lo vivo, porque si algo derrochaba Emilio era naturalidad. En ningún momento dejó de pasearse por la habitación con su toalla roja alrededor de la cintura. Bajo ella emergían dos magníficas y bronceadas piernas pobladas de oscuros pelitos y rematadas por unos pies embutidos en calcetines deportivos de algodón blanco con listas rojas.

El semblante de mi padre era cada vez más sombrío.

—Esto no me gusta nada —dijo cuando nos encontramos solos.

Yo ya lo había notado, así que mi pregunta fue por demás superflua:

—¿Por qué?

—Ya te lo he dicho. No me gusta y no veo razón alguna para que vivas aquí. El exceso de libertad no trae nada bueno.

Ahí fue donde yo me enfadé tanto. Le dije que quería tenerme siempre atada, que yo quería sentirme libre y útil, que no quería ser un parásito como esas mujeres que cifran su única aspiración en casarse y vivir toda su vida a costa de un hombre.

Nunca olvidaré cómo me miró cuando se puso de pie y se colocó la boina.

—No sé en qué extraño mundo te han metido esos amigos tuyos. Tu madre trabajaba dieciséis horas cada día. Si piensas que eso es vivir a costa de un hombre...

Me quedé en silencio. Siempre que alguien mencionaba a mi madre, yo sentía un extraño malestar, y no sé por qué, ya que apenas la recuerdo, pero deseaba apartarla de mi mente.

—La vida antes era diferente. Ahora todo ha cambiado y los padres debéis aceptarlo así... A vosotros os lo daban todo hecho. Hasta la boda. Y a vuestro modo erais felices, pero ya ves...

Me sorprendió que se irritara tanto.

—¿La boda? Tu madre y yo nos queríamos. No nos hubiéramos casado de no ser así.

Y volvía a hablar de ella, pero ahora en voz baja, como consigo mismo, y además sonreía.

—También ella creyó que la querían casar conmigo, y se opuso.

—¿Sí?

—Sí. Yo había ido a su casa para hablar con su padre, y ella debió de escucharnos. Me aguardaba en la puerta por la mañana. Quería decirme que no tenía intención de casarse conmigo. Yo me quedé muy asombrado porque tampoco era ésa mi pretensión. «Fue indignante —me dijo—, oírte hacer planes con mi padre sin ni siquiera contar conmigo. ¡Se diría que estabais haciendo un trato de compraventa de terneros. ¡Qué vergüenza!» Todavía no había salido yo de la sorpresa cuando me dijo que me necesitaba, porque aunque nunca se casaría conmigo, no se atrevía a enfrentarse a su padre. Lo que quería es que yo le dijera a tu abuelo que ella no me había gustado, y que me fuera cuanto antes de su casa. Y ¿qué quieres? Me hizo tanta gracia... Se lo prometí, pero iban pasando los días y yo no tenía ningún deseo de marcharme. Ella me preguntaba cada mañana si se lo había dicho ya, hasta que un día dejó de hacerlo... ¡Ah, Marichu, Marichu...! Sólo un secreto tuve con ella, y es que de lo que yo hablaba aquella noche con su padre era realmente de comprar unos terneros...

Yo le miraba asombrada porque nunca había imaginado que mi padre podía haberse enamorado, que también él tenía su historia de amor. Jamás se me había ocurrido pensarlo.

Y de pronto su cara se ensombreció. La movió como rechazando aquellos recuerdos y se encaminó hacia la puerta.

—¡Isabel! —me llamó desde el piso de abajo. Me asomé a la barandilla—. Tu casa estará siempre abierta —me dijo.

Asentí con la cabeza.

Él se quedó todavía un rato en el rellano del cuarto piso. Creo que esperaba que bajara a darle un beso.

No lo hice. Y fue tal vez el recuerdo de aquel beso que no le di lo que me atormentó durante aquel año, hasta que decidí volver a casa.

* * *

Estaba tan abstraída que no los vi llegar.

—Pobre... ¿Has visto? ¿Cómo se puede ser tan fea?

Levanté la cabeza indignada, dispuesta a decir un par de tacos, pero no lo hice.

—¡Iñaki! —grité.

Con mi hermano estaba otro chico. Lo miré de arriba abajo y después le cogí familiarmente las dos manos.

—Espera. No me digas todavía quién eres... Deja que lo adivine. Vaya, que no me sale... ¡Claro! ¡Eres Jacinto! ¿Que no? Pues estoy segura de que te conozco... No; no me digas que eres Vitorcho... ¿Miguelón tampoco?

El compañero de Iñaki siguió negando con la cabeza mientras yo me reafirmaba en la idea de que lo conocía, y hubiera seguido diciendo nombres si mi hermano no llega a interrumpirme.

—No sigas haciendo el tonto. No creo que lo hayas visto en tu vida. Es Guillermo, el médico del pueblo. Está sustituyendo a don Benjamín, que se operó de una cadera.

Avergonzada dejé caer aquellas manos que aún tenía entre las mías.

—Qué cosa... Nunca me había pasado, pero juraría que... ¿Seguro que no nos hemos visto nunca antes, que no hemos hablado alguna vez? ¿En qué facultad estudiaste?

No oí lo que me contestó.

Mi padre salía del granero y miraba hacia nosotros, haciendo pantalla con una mano sobre los ojos, como si no confiara en ver bien.

Y yo hice entonces lo que nunca había pensado. Me lancé a sus brazos y le susurré al oído:

—Papá, papá... Yo nunca podré ser feliz si sé que estás triste y enfadado conmigo.

DOS

Lo recuerdo agradecida. Nadie me dijo una palabra áspera ni me hizo un reproche. Ni siquiera la abuela.

Me recibieron con naturalidad, con la alegría de siempre cuando volvía en vacaciones, aunque muchas veces sorprendí a mi padre mirándome con una arruguita de preocupación en la frente.

Ya he dicho que mi padre tenía cara de pueblo, pero bajo su pétrea fachada se escondía esa inteligencia innata de la persona que no tiene estudios, pero sabe pensar.

A los pocos días de mi llegada ya se había dado cuenta de que yo no era muy feliz, porque pasados los momentos de emoción propios del encuentro, y al entrar de lleno en la rutina, comencé a encontrarme muy sola.

Nuestro pueblo, Izar Alto (porque hubo otro Izar, el Bajo, del que todavía quedan vestigios, allá en la hondonada), era aburridísimo. La gente joven lo abandonaba para irse a estudiar o trabajar, y aunque los estudiantes regresáramos en vacaciones, parecía ir languideciendo, como si se apagara poco a poco. Los días se hacían largos sin tener un punto de reunión, y por si fuera poco, yo era la única joven aquel verano, y mi padre lo advirtió inmediatamente. Estoy segura.

La verdad es que creo que me porté bastante bien. Organicé mi vida en cuanto fue posible. Quizá a causa de mi orgullo herido. Tenía que demostrar que era la mujer más seria, más responsable y consciente del mundo, a pesar de mis dos cates, de mi fracasada emancipación y de las desnudas piernas de Emilio.

Así es que me convertí en la perfecta ama de casa que dedica la mañana a limpiar, hacer la comida y planchar.

Mi abuela se sentía feliz, y como era diferente a mi padre creía que también lo era yo, o al menos que ella me había dado motivos para ello. Tenía tantos años como para pensar que no puede haber mayor dicha para una mujer que encerar los muebles, deslizar con la ayuda de una escoba la bayeta bajo las camas, observar extasiada la ebullición de las patatas en el puchero y planchar con esmero las camisas de los hombres de la casa. Incluso me preparó una tela a cuadros rojos y blancos para que fuera haciendo un mantel con sus doce servilletas en los ratos libres. Mantelería que, dicho sea de paso, no hacía ninguna falta.

Dedicaba las tardes a estudiar, porque aquellos dos suspensos, los primeros de mi vida, eran como una espina que a toda costa quería sacarme en septiembre. Y estudiaba machaconamente. A veces lo hacía en la soledad de mi cuarto o, si la tarde era apacible, en el campo.

No esperaba que mi vida cambiase aquella tarde que dediqué a la patología quirúrgica. Terminé de estudiar y cerré el libro contenta, casi pensando si no habría sido una injusticia que me catearan lo que tan bien sabía.

Me puse de pie, y no había caminado media docena de pasos cuando mis ojos tropezaron con unas enormes manchas rojas en el suelo, que parecía sembrado de corales.

Eran fresas. Diminutas fresas silvestres.

Y no sé por qué me sentí llena de una ingenua felicidad, gateando con cuidado para no pisar los frutos y dispuesta a llenar el pañuelo que me quité del pelo.

El improvisado cesto se llenó enseguida. Decidí llevárselo a la abuela y comer allí mismo todas las que pudiera, así que me senté, dispuesta a dar comienzo al banquete.

Pero al hacerlo mis ojos tropezaron con unas ruinas, con todo un pueblo en ruinas, asentado en una sombría hondonada.

Mi júbilo se esfumó como por encanto y me sentí invadida por una inexplicable tristeza al contemplar aquellas casas quemadas, sin tejados, donde antaño hubo vida, penas y alegrías, como en cualquier hogar.

«Debe de ser Izar Bajo», pensé. Y me pareció estar oyendo a Justa la del caserío cuando contaba aquellas cosas tan terribles de odios entre los de Izar Alto y los de Izar Bajo, que eran agotes, una raza despreciada que se distinguía de la nuestra porque tenía unido el lóbulo de la oreja.

Pero ya nadie recordaba a los agotes. Ni siquiera Lino, el de Sabinorena, que tenía ciento dos años. Como todos nosotros, siempre había conocido el pueblo carbonizado.

¿Por qué se quemó? ¿Lo incendiarían por odio los nuestros, o tal vez ellos mismos? Quizás sólo fuera un suceso accidental...

Lo cierto es que allí quedaban los vestigios, en aquella docena de casas, que nadie había osado tocar. Y aunque aquellos prejuicios sobre las razas ya no existieran, siempre se evitó el paso por aquellas inmediaciones, por lo que el pueblo había quedado en el olvido, hasta ahora, cuando yo lo contemplaba desde el declive con aquella sensación de congoja que no me podía explicar.

Decidí bajar. Me colgué de un hombro la mochila con los libros, y con el hatillo de fresas en una mano descendí por la ladera alfombrada de margaritas.

Pasé casi desafiante entre las casas, que eran tan sólo cuatro paredes. Ortigas y zarzas crecían en los interiores y algunos muros estaban casi cubiertos por la maleza, como ocurría en lo que parecía ser el cementerio, ya que entre las altas hierbas se podían distinguir algunas estelas funerarias.

Únicamente la iglesia conservaba aún el tejado y parecía erguirse orgullosa por ello. Di una vuelta a su alrededor, preguntándome en qué estado se hallaría por dentro, y me sorprendió que su única puerta estuviera tapiada con ladrillos, tan ennegrecidos como los muros.

¿Por qué de repente tanta curiosidad si había pasado toda mi vida sin ir por allí, sin ningún interés por aquel lugar abandonado?

Pero lo cierto es que cuando mis pasos me llevaron hacia el ábside del templo, no me sorprendió encontrar allí una ventana. Estaba segura de su existencia. Me encaramé a ella y traté de colarme en el interior.

Calculé mal y ésa fue la causa de la catástrofe. Era estrecha como una aspillera, y adaptándolo al hueco, mi cuerpo pasó con facilidad hasta la cintura, pero nada más. Lo malo es que tampoco pude retroceder. Mis hombros se negaban a salir de allí por más esfuerzos que hice.

Fue horrible. Jamás lo he pasado tan mal. De rodillas, con medio cuerpo en el interior de un lugar oscuro que olía a moho y a humedad y donde se sentía una helada corriente de aire que venía de Dios sabe dónde, tenía la espantosa certeza de que, cuando notaran mi desaparición, a nadie se le ocurriría buscarme allí. Jamás una persona de Izar Alto pondría los pies en el pueblo de los agotes, a pesar de nuestras afirmaciones de que aquello del racismo estaba muerto y enterrado.

«Papá creerá que me he ido de casa», pensé con los ojos llenos de lágrimas.

Es extraño, pero en medio de mi angustia era sólo en mi padre en quien pensaba, y sentía dolor. Me dolía más que la dura piedra en las rodillas.

Fueron casi dos horas las que estuve allí, que a mí se me antojaron dos siglos, pero de pronto oí el sonido de unas pisadas. Sonaban apagadas y lo mismo podían ser de un ser humano que de una vaca, pero la esperanza renació en mi interior.

—¡Ayúdeme! —grité.

Mi voz sonó débil, ahogada en aquella húmeda oscuridad. Estaba segura de que nadie me oiría. Y no me oyó, como supe más tarde, pero dos manos asieron mis caderas y creí distinguir a la vez una voz áspera.

Nada me importaba en aquel momento que la voz fuera más o menos agradable. Lo que quería era salir de allí. Así que forcejeé, obligué a mis hombros a estrecharse, los magullé, los comprimí en la angosta abertura, mientras el hombre, desde el exterior, colaboraba a su manera, tirando de mí sin dejar de refunfuñar.

Al fin, ¡gracias a Dios! Su fuerza acabó con mi encierro. El último tirón fue tan brusco que los dos salimos disparados, dando traspiés.

—¡Debería haberte dejado ahí, chaval! ¿Se puede saber qué es lo que buscas, culo gordo? —me dijo por todo saludo.

Por muy liberada que una se sienta, me gustaría saber si hay en el mundo una mujer a quien no le importa que la confundan con un chico, y que encima le digan culo gordo.

—¡Besugo! —fue lo único que fui capaz de contestar.

Del pelo me colgaban dos o tres telarañas y tenía un siete en una de las mangas de la camisa, pero con gesto no exento de dignidad me limpié la cara con el pañuelo y después le miré.

Él, que me había contemplado en silencio, se echó a reír.

—¡Pero si es una chica! ¡No me digas...! Eres chica, y bonita, por si fuera poco. ¿Qué te ha traído por aquí?

Yo seguía mirándole. Era el hombre más guapo que he visto en la vida. Tenía el pelo oscuro y cubierta la cara por una barba bien cuidada. Sus ojos eran azules, ¡oh, aquellos ojos tan claros...! Siempre fueron misteriosos...

—¡Daniel! —grité.

Él me miró asombrado. Por un momento me pareció que por sus ojos cruzaba una sombra de disgusto y sentí una punzada dolorosa al oírle murmurar en voz apenas audible:

—Tú... —como si no le agradara recordarme.

Pero sólo debió ser impresión mía, porque había alegría en su voz cuando exclamó:

—¡Isábel!

Isábel.... Siempre me llamaba así, acentuando mi nombre de aquella manera, como sólo él sabía hacerlo.

—Isábel... ¿Es posible que seas aquella chiquilla, aquella preciosidad a la que yo adoraba?

Asentí sin dejar de reír. Me sentía contenta, feliz por haber encontrado de forma tan inesperada a Daniel... Era como volver otra vez a la infancia y sentir que mi pueblo era nuevamente alegre, un lugar donde sólo había dicha.

—Muchas veces me he preguntado qué habría sido de ti. ¿Sigues en el colegio?

—¡Por favor! Estoy en el último curso de ATS, pero continuaré estudiando, porque quiero ser matrona.

—Matro... ¿qué?

—Matrona, comadrona, ¿es que no sabes qué es eso?

—Naturalmente, pero, Isábel, te pega tan poco... Para ser matrona es necesario ser gorda y mandona —dijo riendo.

—Porque piensas en doña Prudencia. Pero yo lo seré, y sin engordar.

—Y ahora, ¿estás de vacaciones?

—Sí... ¿Y tú? Yo te creía en Francia.

—Regresé ayer.

—¿Vas a quedarte? —le pregunté esperanzada.

—No sé... Depende de algunas cosas.

Habló con cierta vaguedad. Miró después a su alrededor, a la aspillera y finalmente a mí. Entonces rió con alegría.

—¿Y qué hacías ahí, señorita?

—No me lo recuerdes... Qué pesadilla. Menos mal que has llegado como un ángel salvador. Estaba realmente asustada pensando que nunca podría salir de ese agujero. He visto esto desde ahí arriba y no sé qué me ha impulsado a bajar. Por cierto, es un sitio horrible. ¿Crees que será Izar Bajo, el pueblo de los agotes? Tan cerca del nuestro y tan diferente, vivir así, tan separados... Vivir y morir, por supuesto —dije acercándome al pequeño camposanto.

—¡Isábel! ¡Vuelve aquí!

—¿Por qué? ¿Qué pasa?

—Es morboso.

Me pareció que tenía razón y retrocedí. Le miré sonriente.

—¿Y tú? ¿Cómo es que estabas por aquí?

—He perdido un caballo, así que me he echado al monte a buscarlo. Al pasar por el camino alto he visto tu hermoso trasero y unas piernas en esa ventana. Casi paso de largo pensando que era un chiquillo jugando, claro, que en esta soledad...

—¡Ah, Daniel! ¿Sigues con los caballos? —le pregunté maravillada al apresar otros recuerdos—. Oye, ¿qué fue de nuestro *Wenceslao*?

—Hubiera preferido no decírtelo. Era ya muy viejo, tuve que llevarlo al veterinario... En fin, murió.

Cogió del suelo mi mochila y se la colgó de un hombro. Después me empujó suavemente por la espalda.

Subimos el declive y una vez en lo alto nos giramos, los dos a la vez, sin ponernos de acuerdo, para contemplar Izar Bajo.

—Podía haber muerto en esa soledad sin que nadie se enterara —dije con un estremecimiento.

—Alguien te hubiera echado en falta, ¿no?

—No volverá a ocurrir, Dani —dije mimosa, como cuando era niña—. Si alguna vez me pierdo y quieres encontrarme, no me busques en este lugar maldito. No sé qué tiene que me asusta. No pienso volver jamás.

Sonrió como sólo él sabía hacerlo y me dio una palmadita cariñosa en la cabeza.

Despacio nos encaminamos al pueblo. A Izar Alto, que ahora yo veía alegre, luminoso, bañado por los últimos rayos del sol.

TRES

Volviendo la vista atrás, siempre me veía con Daniel.

Era extraño, porque que yo le quisiera, que una niña admirara a un muchacho que tenía caballos, que era capaz de cargarla en su espalda, no era raro. Lo sorprendente estaba en él. ¿Por qué se había encariñado conmigo? ¿Por qué aceptaba con tanta paciencia mis tonterías de cría?

—¿Sabes, Dani, que mi tía Inés hace cosas raras?

—¿Qué cosas?

—Se escribe en los ojos.

Se echó a reír. Lo hacía fuerte, con alegría. Pensé que no me creía.

—Que sí, que es verdad. Yo lo he visto. Se escribe en los ojos con un lápiz verde.

Me asombró que Daniel ya lo supiera. Me dijo que muchas mujeres lo hacen para estar más guapas.

—¿Entonces tía Inés es tan guapa por eso?

—Tía Inés sería guapa aunque no se pintara, pero así lo es todavía más.

En otras ocasiones le hacía participar de mis preocupaciones, quería saber si era verdad lo que se comentaba en la escuela de que los Reyes eran los padres, o le pedía tozudamente que se pegara con Vitorcho porque éste se había burlado de mí.

Pero lo mejor de todo era lo de su reloj.

Porque Daniel, ¡era increíble!, se había tragado su reloj, y lo tenía dentro del pecho. Su tictac se oía claramente si se ponía la oreja en el lado izquierdo. Lo descubrí aquel día que me sentó delante de él sobre uno de sus caballos.

—Enséñame tu reloj —le pedí curiosa.

Me mostró el brazo izquierdo, y recuerdo su perplejidad cuando le dije que ése no, sino el otro, y se lo señalé colocando una de mis manos, entonces tan pequeña, justo donde se oía aquel tictac.

—¡Ah, ése! —rió encantado—. Pero ése no se puede ver. ¿Sabes, Isábel?, me lo he tragado, y ahí está, sin dejar de moverse.

—¡Pero Daniel, eso es terrible! Me da muchísimo miedo. ¿Qué pasará si un día se para? Mira que si te pasara como al abuelito de la canción, que se murió el día que se paró el reloj... Dani, Dani, prométemelo. Dime que tú no te morirás aunque el reloj se pare como el del pobre abuelito...

Y me lo prometió. Me llenó de besos, asegurándome que lo cuidaría muchísimo y que giraría sobre sí mismo doce veces cuando se levantara de la cama, porque estaba seguro de que ésa era la forma adecuada de dar cuerda a los relojes que uno se traga, para impedir que un día puedan pararse.

Y así un día y otro... Unas y otras vacaciones, cuando lo primero que hacía al llegar a Izar era ir a buscarle.

Pero un día desapareció. Cerró su casa y ya no tuvimos más noticias de él, hasta que alguien dijo haberlo visto en algún lugar de Francia.

Y ahora había vuelto llenándome de alegría y trayendo todos aquellos recuerdos que el tiempo me había hecho olvidar.

No reflexioné sobre el cariño que ahora le tenía, si era franca amistad o tal vez amor. Sólo sabía que me sentía feliz a su lado como lo había sido en los días de mi infancia.

Sin embargo, algo había cambiado, y ese algo era yo misma. Sentí el cambio el día de nuestro encuentro, al despedirnos cerca de mi casa, porque Daniel siempre me daba un beso cuando le decía adiós, y volvió a besarme entonces, con naturalidad. Pero su beso, su barba oscura en mi mejilla me parecieron distintos. Creo que incluso me ruboricé. Y él debió de notar mi confusión, porque nunca volvió a besarme.

No solíamos citarnos, pero era raro el día que no nos veíamos. Izar es tan pequeño que casi era imposible no encontrarnos, y aquellos ratos de charla con él me alegraron la existencia. Bueno, me la alegraron hasta que vino a surgir una nubecilla.

La trajo Salomé, la nueva secretaria del Ayuntamiento.

Yo ni siquiera me había fijado en ella aunque al parecer tenía ya enamorada a toda la juventud masculina del valle. Y no le había prestado atención porque se hospedaba en casa de Vitorcho, a quien tenía atragantado desde niña, porque consiguió una vez que toda la escuela se burlara de mí. Desde entonces le tenía declarada la guerra y aunque su hermano Miguelón era majísimo nunca iba a su casa, y ésa fue la razón de que no intimara con Salomé.

Pero un día la vi con Daniel. Estaban en el frontón, charlando animadamente, y al verlos noté como un pellizco en el corazón.

Debe de ser eso que dicen de la intuición femenina, porque bien mirado, es natural que en un pueblo como el nuestro, donde todos nos conocemos, cuando un hombre y una mujer se encuentran se saluden. Pero había un no sé qué en la postura de Daniel, con la pala de frontón bajo un brazo y un pie sobre el banco donde ella se sentaba, que hizo que me sintiera muy mal.

Debían de ser celos, porque la secretaria era guapa. Se peinaba con raya en medio y un austero moño en la coronilla que le daba un atractivo aspecto de grabado inglés. Era el tipo de mujer a quien nunca se confundiría con un chico.

Me sentí de pronto una birria, insignificante y vulgar.

—¡Adiós, Isabel! —me saludó Daniel cuando me vio.

Pero no me alegré, porque pensé que era el tono de voz que se emplea para llamar a un perrito. Un perrito a quien se quiere mucho, eso sí.

Y ese día me di cuenta de que para Daniel yo seguía siendo sólo una niña. Aunque me hubiera ruborizado al recibir su beso, yo seguiría siendo la cría que algunas veces le decía:

—Dani, ¿qué hora crees que será en el reloj que te tragaste?

Quise convencerme de que nada me importaba. De que Daniel era un gran amigo y de que nunca había pensado en él de otra manera, pero no podía evitarlo. Me dolía compartir con Salomé incluso su amistad.

A medida que caminaba contemplaba mis zapatillas de lona azul, sus gastados cordones, mis vaqueros, tan deformados por las rodillas, y pensé que mi aspecto dejaba mucho que desear.

Sin embargo, hasta entonces no lo había apreciado. Es más, casi diría que en mi desaliño había cierta coquetería. Me encantaba que mis pantalones perdieran el color a fuerza de lavados, les ponía remiendos, y un rasgón horizontal a la altura de la rodilla se me antojaba casi glorioso. El contenido de mi maleta causó el horror de mi pobre abuela, que al ver tomar posesión del armario de mi cuarto a todos aquellos trapos, dijo que tendría que vestirme de arriba abajo. Me negué indignada porque me gustaban mis deslucidos vaqueros, mis jerseys de punto inglés y el chaleco de piel de borrego que se abrochaba con cordones de cuero.

Sin embargo, aquel día, con la cesta de la compra al brazo, pensé que era injusto que yo no tuviera ni siquiera un vestido, y me parecía oír la voz de Daniel: «Debería haberte dejado ahí, chaval».

«Lo de la cara no tiene solución —pensé tristemente cambiando la cesta de brazo—, pero yo creo que, con todo lo que digan, también el hábito hace al monje, o por lo menos le ayuda... Y, además, también pienso decirle a la abuela que compre un carrito para hacer la compra, porque esto de ir con una cesta no sólo es incómodo, sino antiestético.»

Entré en casa con decisión, dispuesta a hacer algunas peticiones, pero me detuve al advertir que la abuela hablaba con alguien.

—He pensado que usted podría hacerla entrar en razón. Mi pobre hijo está muy preocupado, don Crispín, muy preocupado...

Me quedé de piedra. Debía de estar hablando de mí, y nada menos que con el cura del pueblo. Pero Señor... ¿qué es lo que había hecho yo ahora?

—¿Y qué puedo hacer?

—Hablar con ella. Decirle que no dé más quebraderos de cabeza a su padre, y que ese hombre no le conviene.

Apreté los dientes indignada, pero seguí escuchando.

—Pero yo no puedo hacerlo, ¿no lo comprende? Mi trato con Isabel es de mera cortesía, no me parece que tengamos demasiada confianza. Además creo que sería un error. Cuando a una chiquilla de esa edad se le mete en la cabeza que se ha enamorado de un hombre mayor que ella... Además, y perdóneme usted, ¿por qué está usted tan convencida de que no le conviene? ¿Está segura de no equivocarse?

Me reí bajito. Don Crispín la había hecho polvo, porque se dedicó todo el día a limpiar y encerar los muebles, que es lo que hace siempre que se enfada.

Pero no habían pasado tres días cuando don Crispín me dijo que quería hablar conmigo. Salía de la iglesia frotándose las manos. Era tan viejo que siempre tenía frío.

—No voy a entretenerte, Isabel. ¿Me plancharías el mantel bueno del altar?

Estuve a punto de echarme a reír, porque ya me había puesto a la defensiva, pero después de todo, el cura era tan discreto como yo había pensado.

Me desarmó y le prometí todo lo que quiso. Haría la ofrenda del pan el día de la Virgen, llevaría flores, plancharía el mantel de hilo... ¡Pero si hasta me comprometí a ir a ensayar los cantos con todas las mujeres del pueblo!

—Es para que los hombres se animen. A veces con un buen cebo se consigue una buena pesca —y rió su propio chiste, encantado de la vida—. Los chicos, ya sabes... El domingo a misa, y no todos, pero colaboran poco con la parroquia. Sólo tu primo Martín se ha ofrecido.

Me pregunté si Martín sería también un buen cebo y si don Crispín le había echado el guante para cantar en el coro.

Después me enteré de que efectivamente lo había intentado, pero Martín se negó en redondo a cantar.

Estaba dispuesto a hacer la ofrenda conmigo, lo que fuera, todo menos cantar, a pesar de que cuando la abuela se enteró lo puso de vuelta y media, pero él siguió en sus trece. Aunque claro, lo que son las cosas... Lo que no consiguió su celo de buena cristiana y feligresa de primera fila, lo pudo la presencia de Salomé, a quien por lo visto don Crispín, con toda la razón del mundo, consideró un buen cebo.

¡Y de lo más eficaz! A los tres días de comenzar los ensayos, ya se habían unido a nosotras cinco muchachos, y con tal entusiasmo que no faltaban nunca, y la salida de la iglesia era todo un espectáculo. Todos querían acompañarla a casa, y no me extrañaba, porque además de guapa cantaba bien y era simpática. Lo tenía todo. Aquello era casi una injusticia.

Y bueno, yo... creo que tenía envidia. Además tenía veinticinco o veintiséis años... Para Daniel era una mujer, no una cría...

—No tiene los ojos tan bonitos como dicen —dejé caer una tarde en casa.

Y lo dije casi sin darme cuenta.

Todos los chicos del pueblo me conocían desde niña. Creo que incluso me querían. Pero me dolía volver sola a casa tras los ensayos, mientras Salomé llevaba tras ella toda una corte de admiradores.

—¿Y quién dice que los tiene bonitos? —me preguntó Iñaki.

—No sé... La gente... Vosotros...

—Yo nunca lo he dicho. Si te fijas bien, tiene gesto de miope. Creo que necesita gafas, pero no se las pone.

Mi hermano estaba estudiando Óptica, y llevado de un excesivo amor a su profesión, pretendía que todo el mundo usara gafas.

—Pero es guapa —reflexionó en voz baja.

—Es el tipo lo que tiene fenomenal... —apuntó José Ignacio suspirando muy hondo.

—¿El tipo? —reí despiadada—. ¡Pero si se contonea de lo lindo al andar!

Aquello no era más que envidia. Maldita envidia. Yo misma me daba pena.

—No es contoneo. Es la gracia natural de sus caderas.

¡Atiza! ¿Por qué nadie decía una cosa así de mí?

Miguelón irrumpió en la habitación riéndose.

—Agua que no has de beber, déjala correr, déjala, déjala... —canturreó con muy mala idea, haciendo que todos lo miraran intrigados—. Tiene novio —añadió. En la vida he visto unos rostros tan decepcionados—. No sé quién será el feliz mortal, pero le escribe todos los días.

Nadie respondió, tan abatidos se habían quedado.

En cambio, yo... Salomé comenzó a parecerme la más ideal de las mujeres. Me arrepentí de haber dicho que sus ojos no eran bonitos, y sobre todo de lo de su contoneo.

Me di cuenta de que el único que no había hablado era Guillermo, el nuevo médico. Se mantenía distante, como si no fuera un hombre joven, sensible a los encantos de Salomé. Y cuando me fijé en que era a mí a quien miraba, me avergoncé, porque tuve la impresión de que había visto dentro de mí, de que sabía que eran los celos la causa de mis pobres críticas.

—A lo que tiene Salomé se le llama estilo —dije, queriendo compensar de alguna manera mis palabras anteriores y quedar a la vez en paz conmigo misma.

—¿Estilo? —exclamaron cinco voces consternadas.

Ninguno había reparado en eso. Lógico, ¿no? ¿Es que alguno de ellos la había mirado y estudiado tanto como yo?

¡Qué iban a hacerlo si ninguno era mujer!

Ninguno era una mujer a la que alguien ha confundido con un chico.

CUATRO

El sentimiento de humillación que experimenté al ver que Guillermo se daba cuenta de por qué había criticado a Salomé, hizo que comenzara a fijarme en él. Porque lo cierto es que aunque era amigo de mis hermanos no tenía con él la confianza que con los otros chicos del pueblo.

«Es que no encaja aquí —pensé un día—. Nada se le puede reprochar, es afable y cortés, pero le falta naturalidad. Parece como si aun viviendo entre nosotros, no participara en nuestra vida. Es únicamente un espectador.»

Quedé muy satisfecha con aquella definición y se lo dije a Daniel aquella misma tarde.

—Es como si estuviera viendo una obra de teatro desde una platea. Mira nuestra actuación, la juzga y no silba, pero tampoco se digna aplaudir. Parece ausente.

—Porque es joven.

—Tonterías. Es mayor que yo.

—Sí; pero es el médico y si se muestra como un joven podría parecer poco competente.

—En eso no había pensado, y precisamente un amigo mío que es pediatra se cortó el pelo y se dejó un bigotillo anticuado porque se dio cuenta de que su blonda melena no inspiraba confianza a las mamás de sus pacientes... ¡Pobre Francisco! Tenías que haberlo visto tras la metamorfosis. Parecía un galán de los años cincuenta. Claro que consiguió lo que quería: parecer un carroza cuarentón.

En cuanto lo dije me arrepentí, porque a Daniel, que me escuchaba divertido, se le esfumó la sonrisa, como si le hubieran pasado por la cara una goma de borrar.

Después de un rato de silencio, como si ya no tuviéramos nada más que hablar, decidió que se le estaba haciendo tarde y volvimos al pueblo, dudando yo si debía perdirle o no perdón por haberlo tratado de viejo.

Y me quedé muy triste. Y mi tristeza aumentaba a medida que transcurrían los días sin verle.

Porque Daniel a veces desaparecía. Se iba, aunque nunca me lo decía con antelación, y a su regreso tampoco me contaba dónde había estado, qué había hecho... Se presentaba ante mí con la misma naturalidad que si se hubiera despedido el día anterior. La única vez que se lo pregunté me contestó que había ido a Valcarlos a llevar la ropa a la lavandería. Podría ser verdad, no lo sé.

Pero nunca su ausencia se me había hecho tan larga, los días tan interminables. Recorría los lugares donde anteriormente habíamos estado juntos y me hacía la ilusión de que él estaba aún a mi lado, de que me hablaba...

—No dejes el camino, Isábel. Es fácil perderse aquí. Te voy a llevar a una fuente que da el agua más deliciosa que te puedas imaginar. Dame la mano y cierra los ojos. Te diré cuándo tienes que abrirlos y te encontrarás en el paraíso. Verás.

Pero evocar aquello podía ser peligroso, porque en mi soledad cerré los ojos, di algunos pasos y creí oír a mi lado la voz de Daniel.

—¡Ya puedes abrirlos!

Fue decepcionante encontrarme con Izar Bajo a mis pies. Era como despertar de un bello sueño con dolor de muelas, porque el lugar era triste, deprimente, como si jamás hubiera sentido sobre él la caricia del sol.

Y, sin embargo, me atraía. No podía apartar los ojos de los muros medio derruidos. Conté las casas, que eran once, y después dirigí la mirada a la iglesia. Pensé que en ella se había orado, se habían bautizado niñitos y celebrado matrimonios entre aquellas personas marginadas, separadas del pueblo vecino, de Izar Alto.

—¿Por qué todo esto me recuerda algo? —me pregunté.

Y entonces vi que alguien se movía en el cementerio. Era un hombre y parecía buscar algo... ¿Tal vez un caballo perdido?

Sin pensarlo más, llena de alegría, bajé corriendo.

—¡Daniel! —grité.

Enseguida me arrepentí, porque antes de llegar a su lado ya había advertido que no era Daniel, sino Guillermo. Me sentí confusa y avergonzada.

—¿Qué haces? —le pregunté torpemente, casi tartamudeando.

—Turismo. Nunca había venido por aquí... ¿Cuándo se quemó? —también él parecía nervioso, ¿por qué sería?

—No tengo ni idea y me temo que nadie te lo dirá, porque hasta los más viejos lo han conocido siempre así. ¿Has oído alguna vez hablar de los agotes?

—Sí; a don Benjamín, y creo que éste es el pueblo que describió.

—Era una antigua raza que se consideraba inferior a la nuestra —la abuela de Martín me lo había contado días antes, y me alegré de poder mostrarme enterada—. Dicen que pasaron de Francia, pero, sin embargo, los franceses sostienen que los agotes de allí pasaron de este lado de los Pirineos. En fin, que nadie quería para sí tal paternidad. Aquí tenían su propio templo, pero en otros pueblos, donde convivían con los demás, tenían que entrar en la iglesia por una puerta excusada y tomaban el agua bendita de otra pila. Pero bueno, la abuela de mi primo le quita importancia al asunto diciendo que si se marginó a los agotes fue sólo porque eran portadores de la lepra.

—Qué deprimente, ¿no?

—Mucho. En fin, yo me voy. Creo que estar aquí es morboso.

Y volví a entristecerme, porque recordé que eso mismo había dicho Daniel el día que me rescató de la estrecha ventana.

Guillermo me siguió sin decir nada, pero vi que volvía la cabeza, y sus ojos al mirar el pueblo abandonado eran lo más triste que he visto en mi vida. Su mirada me impresionó tanto que tuve la descabellada idea de pensar, como ya lo hice con Daniel en una ocasión, si no sería agote. Le miré disimuladamente las orejas, pero sus lóbulos estaban perfectamente recortados.

—Y esas casas, esas tierras, ¿de quién son? —me preguntó al salir de la hondonada.

—Cualquiera sabe. No creo que nadie las reclame, porque ¿has visto alguna vez un lugar tan triste? Nunca le da el sol y a causa de su historia negra siempre hemos evitado pasar por aquí.

Guillermo se volvió nuevamente aunque desde donde estábamos ya no se veía el pueblo. La historia debió impactarle, porque parecía muy impresionado. Además creo que había mentido cuando me dijo en tono de broma que hacía turismo. Había demasiado interés en su mirada y, por otro lado, parecía que iba en busca de algo. Estoy segura porque su gesto me hizo confundirlo con Daniel, quien, como aquel día, tal vez hubiese perdido un caballo.

Regresaría otro día con Daniel. No sabía cómo podría convencerle, porque no era curioso y además siempre encontraba una explicación lógica a todo lo que me inquietaba.

Sin embargo, a la mañana siguiente todas aquellas ideas se me antojaron fantasías de adolescente. Guillermo nada tenía de sospechoso, no le rodeaba el misterio y era bastante aburrido.

Por otra parte, mi mente estaba inmersa en cosas más importantes. En trapos, para ser más exactos y aunque parezca algo raro.

Mi casa era un matriarcado. La abuela era la dueña y señora: mando y ordeno, como se suele decir.

—Aprovechando que Inés va mañana a St Jean-Pied de Port para visitar al dentista, irás con ella —me dijo a bocajarro cuando bajé a desayunar—. Te comprarás un vestido, zapatos y todo lo que la tía te diga, ¿entendido?

Asentí encantada, pero sin que se me notara: ¡un vestido!

A la abuela debió de extrañarle mi docilidad, pues me dio explicaciones.

—Porque supongo que el día de la Virgen no pensarás ir a la iglesia con pantalones, ¿verdad? Eso en la vida se ha visto.

—Como tú digas...

El vestido que compré era de tono rosa palo, de hilo grueso, con puntillas en el mismo tono. Me gustó en cuanto lo vi porque era a la vez rústico y romántico, totalmente diferente a mi estilo habitual. Las sandalias tenían un poquito de tacón, y ya, en plena fiebre consumista, al pasar por la sección de perfumería compré un lápiz de ojos y una docena de rulos de plástico para moldear el cabello.

—No sé qué te ha dado —refunfuñó mi primo, que no se había separado de mí.

—¿Qué es lo que me ha dado?

—Pues te ha dado por comprarte todas esas cosas de señoritinga cursi y presumida.

—Se ha empeñado la abuela. Le aterra que el día de la Virgen aparezca en la iglesia con mis descoloridos vaqueros.

—¿Y desde cuándo eres tan dócil? ¡Mira que te ha importado mucho hasta ahora lo que dijera la abuela! Además no te pega. Es la verdad, Isabel, no te pega nada. Tú eres diferente. Tienes que ir con pantalones, camisas y cosas así.

—¿Y por qué no un mono azul de tela de Vergara?

Pero Martín no me hacía caso. Parecía hablar consigo mismo.

—Y no lo haces por la abuela. Es por Daniel, no lo niegues, y aunque te enfades, te diré que no te conviene.

—¿También tú? ¿Es que no podéis dejarme en paz? ¿Qué es lo que tiene Daniel para que no le des el visto bueno?

—Muchos años. Podría ser tu padre.

—Mentira —negué como una niña.

—Debe andar más cerca de los cuarenta que de los treinta.

—¿Y qué? No me importa en absoluto los años que tenga.

—Aléjate de él. Daniel no es trigo limpio.

Me pareció que Martín hablaba con tono de hombre. Como lo haría mi padre.

—Dices eso porque tienes celos.

—¿Celos? ¿Celos yo?

—Sí. Y tú sabes que no estoy pensando en celos de enamorado, pero a ti nunca te ha gustado verme con nadie.

—Con nadie no: con él. Lo que no me explico es que no lo veas tú misma. ¿Qué es lo que hace? ¿De qué vive?

—Cría caballos.

—Tú no eres tonta, Isabel. Tu padre tiene vacas y terneros y tú sabes muy bien qué hace con ellos, ¿no es verdad? Vienen compradores o él sale a vender. Cada día viene el tanque de la central lechera y se lleva la leche, y las vacas paren de vez en cuando. Daniel tiene media docena de caballos, ¿de carne o de carreras?, porque ni siquiera son de raza. Observa y verás que dentro de un año todavía estarán ahí. No se ve una yegua ni un semental para aumentar la cuadra, y con seis caballos no se puede vivir. Son solamente una tapadera, un fingir que trabaja mientras pasea por el monte o juega en el frontón. Y eso es lo único que hace. No se interesa por nada ni por nadie, como no sea por él mismo. Es lo que antes se llamaba un vago y ahora un pasota. A tu elección.

Martín no podía imaginarse el daño que me causaban sus palabras. ¿Tenía que ir yo siempre a contracorriente, sin hacer nada al gusto de mi familia?

No les gustaban mis amigos de la universidad porque eran comprometidos, pero tampoco Daniel, por pasota. Se avergonzaban de mis pantalones descoloridos, pero Martín me decía sin la menor compasión que los vestidos bonitos no me pegaban nada... ¿Por qué?

El regreso fue triste. Tía Inés no hablaba porque tenía la boca dormida por efecto de la anestesia y ni Martín ni yo despegamos los labios.

—Isabel, no te enfades conmigo —me dijo mi primo al llegar a casa—. Te lo he dicho por tu bien, para que te fijes un poco en lo que haces. No quería fastidiarte.

—Pues lo has hecho —contesté.

Y me fui sin decirle adiós siquiera.

Me dormí con la extraña sensación de no saber si era orgullo o rabia lo que sentía dentro de mí por el hecho de que Martín me quisiera tanto.

CINCO

Toda la elaboración de mi peinado consistía en sacudir enérgicamente la cabeza al salir de la ducha y dejar después que se fuera secando al aire. El resultado era muy satisfactorio. Me sentía peinada para el resto del día. Era un estilo que tenía gran aceptación. Lo lucíamos casi todas las del curso.

Pero aquel día sería diferente porque había decidido cambiar de imagen, como suele decirse. Tenía toda la cabeza llena de rulos de plástico amarillo y pasaba pacientemente sobre ellos el secador. Sonreí al pensar en la cara que pondrían si pudieran verme mis amigos, que opinaban que los jóvenes debíamos hacer patente en nuestro estilo externo la protesta contra las normas que regían la vida, que pretendían encorsetarnos en unos moldes tradicionales. Y yo ahora... queriendo convertirme en señoritinga cursi, como diría mi primo.

Pero no salió bien. Me refiero al peinado. Yo había pensado hacerme raya en medio y dejarme una melenita con las puntas hacia fuera, pero tras el trabajo que me había tomado, me veía reflejada en el espejo con toda la cabeza llena de rizos grandes, huecos, que proclamaban su independencia negándose a morir bajo la furia del cepillo destructor.

Aquel disparate no tenía remedio, como no fuera poniendo la cabeza bajo el grifo, pero ya era demasiado tarde. La abuela llevaba un buen rato llamándome desde abajo porque se nos hacía tarde.

«No sé por qué me he metido en esto si nunca he tenido la menor habilidad para peinarme. Además, Martín tiene razón, no me pega nada... Demasiados rizos, demasiados volantitos y puntillas», pensé mirándome en el espejo con cierta desazón, temiendo encontrarme ridícula.

Pero me parecí la misma de siempre, aunque bastante más alta, eso sí.

La abuela me miró con aprobación y murmuró no se qué acerca de que así debería ir siempre y estaría monísima.

—Ya lo ves. Basta con que te peines.

Me pareció ver orgullo en los ojos de mi padre, pero él no dijo nada, aunque cuando ya nos íbamos, volvió a su habitación y al salir me puso algo en una mano.

—Póntelos. Son los pendientes de tu madre... No

son gran cosa, pero los apreciaba mucho porque fue el primer regalo que le hice cuando éramos novios.

Eran dos aguamarinas que yo nunca había visto. Sentí que la mano me temblaba al cogerlos. Me los puse en silencio, aplanada.

—Estás muy guapa —dijo mirándome.

No contesté. Los pendientes me quemaban en las orejas. No me iban bien con el vestido y además tuve el presentimiento de que me traerían mala suerte.

En el atrio de la iglesia estaban los once chicos del pueblo. Siempre se quedaban allí hasta el momento justo en que el cura salía al altar, y recuerdo que a mis doce o trece años me azaraba al pasar entre ellos.

Martín se separó del grupo y vino hacia nosotros.

—¡Isabel! ¿Qué te has hecho? Si no pareces tú...

—Ya lo sé. Me he convertido en una señoritinga cursi, pero ya no tiene remedio.

—Estás guapísima...

Su voz se mostró tan sorprendida como sincera. Hizo que de pronto me sintiera contenta y segura de mí misma.

Hasta la tarde no vi a Daniel. Apareció en la plaza cuando finalizaban las danzas. Se había puesto boina y una de esas blusas negras que usan los pastores de pueblo. Era un atuendo de viejo y, sin embargo, parecía el más joven de todos.

—¡Isábel, tienes piernas! ¡Y qué bonitas! —exclamó al verme.

Comenzaba en aquel momento el último baile. Era la danza de nuestro pueblo, donde todos los bailarines forman una gran rueda. Me cogió de la mano y nos unimos a ellos.

Me sentía feliz. Me sentía feliz incluso con los pendientes de mi madre en las orejas, y al final del baile, cuando Daniel hincó la rodilla ante mí, me miró, y lo hizo de manera diferente, como si de pronto hubiera descubierto que ya no era la niña que correteaba con él por los caminos.

—Vamos a tomar algo —me dijo.

Como soñando, me vi sentada en una mesa de la venta frente a él.

Será una tontería, pero aquello era muy importante para mí, porque Daniel nunca me había llevado «a tomar algo». Hasta ese día, si se le hubiera ocurrido invitarme a algo, hubiera elegido un tiovivo.

—Daniel, ¿desde cuándo somos amigos? ¿Lo recuerdas tú?

Levantó la cabeza con rapidez, como si mi pregunta le hubiera sorprendido.

—Cualquiera sabe... Te conozco desde que naciste, pero ¿qué importa eso?

No, claro, no importaba nada. Pero me pareció como si él lo supiera y no quisiera decírmelo.

—¿Qué vas a tomar?

—Un whisky —contesté con decisión, aunque nunca lo había probado.

Pero fue lo único que se me ocurrió al querer pedir una bebida como de mujer de mundo.

Él pidió otro doble y lo tomó entre las manos, sin dejar de mirarme.

—Isábel... ¿Te pintas los ojos?

Y su voz baja, muy cerca de mí, parecía acariciarme.

—¿Te parece mal?

—No. Pero no puedo hacerme a la idea de que has crecido...

Aquello era mucho más de lo que yo había soñado. Cerré un instante los ojos para saborear aquel momento y decidí que algo así tenía que ser el cielo.

Pero ¿tan efímero?

Cuando los abrí, Daniel ya no estaba conmigo. Se había levantado y se apresuraba hacia dos jóvenes que le hacían señas desde otra mesa. Se sentó con ellos.

Sí. Se sentó con ellos, dejándome sola frente a dos vasos intactos.

«Volverá enseguida», pensé.

Hablaban en voz muy baja. No podía oír nada.

—¿Por qué no se irán ya? —protesté al cabo de un rato.

No era ésa su intención. Discutían y Daniel parecía airado.

«¿Es posible que se haya olvidado de mí?», me pregunté.

Me sentí desalentada. El día había comenzado tan bien... Pero ahora me sentía desgraciada.

Con los codos sobre la mesa y la cara entre las palmas de las manos comencé a pensar. Y lo hice de forma desapasionada, como si siguiera los consejos de Martín.

Daniel nunca había venido a mí espontáneamente hasta esa tarde. Siempre era yo quien iba a él, tanto de niña como ahora, de mayor. Tan natural me parecía eso que ni siquiera me había dado cuenta, pero ésa era la triste realidad.

El bar había quedado desierto. Solamente estábamos ellos y yo, y por ese motivo ahora podía, prestando mucha atención, oír algunas palabras.

Hablaban de dinero. Así de sencillo. Y regateaban como si estuvieran en un mercado, rechazando Daniel ciento veinticinco que le ofrecían y exigiendo ciento cincuenta, con tal vehemencia que parecía como si en ello le fuera la vida.

Guardaron después silencio, enfurruñados como niños que no se ponen de acuerdo a la hora de elegir el juego. Sin poderlo evitar pensé en mi primo.

Me hubiera gustado que estuviera allí para que me dijera que Daniel no tenía interés por nada, que era un pasota. Jamás hombre alguno había defendido con más ahínco cinco duros en la venta de un potro, ya fuera en vivo o en canal.

De pronto me pareció que me miraba, y entonces, en un desesperado intento de llamar su atención, cogí mi vaso y bebí su contenido de un solo trago.

No me gustó. Era malísimo y además abrasaba en la garganta. Por eso no se qué diablo me impulsó a seguir adelante, porque sin dejar de mirarle tomé también su vaso y volví a apurarlo sin respirar siquiera.

Mi gesto fue totalmente estéril. No sé si Daniel me miraba, pero lo cierto es que si lo hacía, no me veía.

Tiré a propósito la silla al levantarme. Y también fue intencionado el portazo que di al salir, pero nadie pareció enterarse.

Un vientecillo juguetón me acarició el cabello. Llevé a él las manos para ordenarlo y toqué sin querer los pendientes de aguamarina.

Y me sentí desgraciada, a pesar del vestido mitad rústico, mitad romántico, las sandalias de tacón y el pelo rizado.

Suspiré y despacito me quité los pendientes y los dejé caer dentro del bolso, sin saber muy bien por qué lo hacía.

SEIS

De la venta al centro del pueblo había un camino al que los más viejos de Izar llamaban la Estrada. Me parece que era porque antes solían pasear por allí las chicas y los mozos iban a charlar con ellas, aunque no estoy segura. Pensé que tendría que preguntárselo a mi abuela cuando volviera a casa.

El suelo de la Estrada era de grandes losas desiguales, y entre una y otra asomaba tímidamente la hierba... ¿O sería tal vez por eso por lo que le llamaban la Estrada, por ser un camino enlosado? Convendría que me enterara de esas cosas, aunque, la verdad, no entiendo por qué me preocupaba de algo así cuando tenía cuestiones tan urgentes que resolver.

Por ejemplo, la cuesta. ¿Por qué nunca había reparado en que la Estrada era tan endiabladamente empinada?

El Ayuntamiento tendría que hacer algo, porque era penoso andar así, por un camino casi vertical... Parecía como si las losas se levantaran del suelo al acercarme yo, y me veía forzada a alzar mucho las piernas al dar cada paso, porque de lo contrario no lograba alcanzar el pavimento con los pies. ¿Cómo es que no me había fijado hasta ese momento? Si tuve que levantar tanto las piernas que incluso alguna vez llegué a pegarme con una rodilla en la barbilla... Fue terrible.

Alguien venía detrás de mí en animada conversación, como si transitar por aquel endemoniado camino fuera cosa de niños.

—Mira cómo va ésa... —dijo una voz.

Y su tono era de censura.

Así que volví la cabeza, porque también yo quería ver a «ésa».

Fue un error. En aquel peligroso camino no se podía ser curiosa. Perdí el equilibrio y fui a dar contra el espino que cercaba la casa de don Benjamín.

El dolor de los arañazos me hizo reflexionar y comprender que «ésa» era yo misma. Creí morirme de vergüenza y me quedé muy quietecita, aferrada a los barrotes de la puerta. Esperé a que se alejaran las dos mujeres, que no dejaban de mirarme. ¡Qué mal lo pasé! Menos mal que como no eran del pueblo no las conocía de nada. Verlas lejos me llenó de alivio.

Alcé la cabeza y miré la casa con espíritu crítico.

No estaba mal, en piedra gris y ladrillo rojo, una combinación que tenía algo conventual. Llena de flores y bien cuidada, porque don Benjamín siempre había sido un manitas en eso de la jardinería. Sí, señor.

Don Benjamín... Claro, él podía sacarme de aquel atolladero en que me había metido. Era amable, comprensivo, pescaba truchas con cucharilla y leía los domingos el *ABC*.

No sé... Quizás pensaba tonterías, pero ahí estaba la cuestión. Él era médico, ¿no? Su obligación, por tanto, era ayudarme a pensar con sensatez, ¿me explico?

—¡Don Benjamín! —grité a pleno pulmón entrando en el jardín.

Debí de asustarlo, porque estaba dormido y lo desperté. El pobre estaba en una hamaca bajo el sauce llorón y se le cayó un libro al suelo.

Cuando lo vi de pie me di cuenta de que no era don Benjamín, nuestro amable médico de siempre, el simpático viejo que pescaba truchas con cucharilla y leía los domingos el *ABC*.

Pero no me importó. Después de todo un médico es igual a otro médico, pesque o no truchas, lea o no el *ABC*, se llame Benjamín o Guillermo.

—Te necesito profesionalmente —le dije sin más preámbulos.

—¿A mí? —me preguntó él como si aquello fuera rarísimo, como si en vez de ser el médico fuera el cartero.

Juraría que hasta se sentía cohibido.

—¿Estás enferma?

—No lo sé. Siento vértigo, me mareo al andar, ¿sabes? Tiene que haber un remedio para esto.

—¿Suele ocurrirte? —dijo a la vez que me señalaba una hamaca para que me sentara.

—Jamás. Es que en realidad nunca bebo. Y te diría además que en este momento me encuentro deliciosamente, pero ¿me creerás si te digo que papá no va a pensar lo mismo cuando me vea? Es berroqueño. De lo más berroqueño.

—¿Qué has bebido?

—Nunca lo olvidaré. Un whisky doble y un sencillo.

—¿Sólo?

—Al oírte cualquiera pensaría que te parece poco. Sin embargo, mi impresión es la de que de un momento a otro comenzará a salírseme el whisky por las orejas... Lo mío es el café. Me encanta el café siempre que no sea hora de una buena ensalada. ¿No te parece una gran cosa eso de las ensaladas? Y el té. Debía haber pedido un té en vez de haberme enfrentado con el whisky.

Guillermo entró en la casa y al poco rato salió con la señora Marcelina, la doméstica de don Benjamín, que llevaba la tetera y dos tazas. Él me sirvió una y después me preguntó si me apetecía. Curioso, ¿no? Primero me pone el té y después me pregunta si me apetece. Todo era muy raro aquel día.

Como me apetecía, lo fui tomando a sorbitos pequeños, mientras Guillermo hacía lo mismo con el suyo, sin dejar de mirarme.

—¿Por qué te quedas en casa en un día como hoy? —le pregunté.

—Tengo guardia. A cada uno de los médicos del valle nos toca servicio un día festivo.

—¡Ah! Es que me preguntaba si también a ti te ha abandonado el desodorante.

—¿Cómo dices?

Abría unos ojos como platos, horrorizado. ¡Jesús, qué hombre, qué poco sentido del humor! Si yo le estaba hablando de un anuncio de televisión, pero como si nada. Él en la luna.

—Una amiga mía escribió un artículo buenísimo sobre ese tema. «¿Sólo sudan las señoras?», se titulaba. ¿A que es gracioso? Creo que estaba bien, porque se lo publicaron en el periódico y todo... Oye, ¿tú dirías que tengo la lengua algo suelta? Bueno, no me lo digas si no quieres, es igual. Pero a mí sí que me ha abandonado. Y no deja de ser curioso que me haya abandonado por dos hombres. ¡Si al menos hubiera sido una morena estupenda lo comprendería! Pero mira que dos hombres... Uno hasta tenía barba y todo.

Guillermo no me quitaba ojo, pero me escuchaba en silencio, jugueteando con la cucharilla.

—Oye, ¿y la de codillos? ¿Qué me dices de la ensalada de codillos?

—Creo que no la he probado.

—La abuela no la hace nunca. Es mujer de comida tradicional, ¿sabes?

Sólo contestó «ya», y no sé si pensaba decir algo más cuando yo me puse de pie de un salto.

—¡Oye! ¿Has visto? No te lo pierdas... ¡Vaya yunta! —y uno de mis índices señaló muy tieso el camino.

—¿Te refieres a esos bueyes? —parecía muy asombrado.

—¡Cuando papá los vea! Mírales el testuz, fíjate en las ancas... Pero mira, ahí donde lo ves, es que yo a Vitorcho no lo trago. No lo trago.

—¿Vitorcho es el de los bueyes?

—¡Ah! ¿Así que tú también conoces a Vitorcho? Seguro que él lo ha olvidado, pero yo no. Consiguió que la escuela entera se burlara de mí. Tenía cuatro o tres meses menos que yo, pero se sabía al dedillo los números romanos. Un día, cuando estábamos leyendo, yo dije: «Carlos uno de España y usted de Alemania». Estoy segura de que los demás, que no eran tan listos como él, no se hubieran dado ni cuenta, pero se tiró al suelo y comenzó a retorcerse de risa... Fue horrible. Por efecto de las contorsiones se le saltaban los botones de la camisa. Yo pensé que eran los dientes y me alegré de que se quedara sin ellos, pero resultó que no. Que era la camisa, que le iba algo justa.

Me sorprendió darme cuenta de que Guillermo me miraba con simpatía, así que me animé a preguntarle a qué colegio había ido de niño.

—A uno de marianistas.

—¿Teníais problemas con las duchas?

—¿Con las duchas? —parecía consternado ante una pregunta que no se salía en absoluto de lo normal—. No sé... No me acuerdo, pero no creo, ¿por qué?

—Nosotras lo pasábamos fatal con la Eutimia, una monja mandona y amargada que no nos dejaba lavarnos la cabeza en las duchas del gimnasio. Decía que se iban pelos por los desagües. Lo malo es que entonces todas teníamos melenas hasta la cintura. Las demás monjas eran muy razonables, no vayas a creer. Puedo asegurarte que no tengo malos recuerdos del internado, como ahora dicen algunas... Me pregunto si la Eutimia no tendría razón. Pasado un tiempo comprendes algunas cosas, y yo soy la que limpia el baño de casa, ¿comprendes? Pero bueno, prefiero no pensar ahora en eso ya que estoy tan bien. Si supieras qué calentitos tengo ahora los pies...

—¿Es que tenías frío?

—No. ¿Por qué?

—Como dices que ahora tienes los pies calientes...

—¿Yo? ¡Qué voy a decir eso! Ni siquiera me acuerdo de qué estábamos hablando. Oye, si quieres puedes seguir leyendo, no quiero molestar. Lo que sí haré es esperar un rato para ver si se me pasa esto del mareo, porque tú ya sabes lo enfadado que está mi padre conmigo porque me fui de la residencia y quise vivir mi vida, ¿verdad?

—No. No tenía ni idea.

—Pues me fui. Yo quería... Bueno, no sé ni lo que quería, ésa es la verdad.

La cara de Guillermo reflejaba interés, pero no me preguntó nada.

—A papá le pareció terrible, algo así como la vergüenza familiar. Figúrate, una hija moza viviendo a su aire... Aquí se dice moza de toda mujer que no se ha casado, ¿sabes?, aunque tenga sesenta años. Yo no sé qué cosas horribles suponía que debían pasar en un piso habitado por unos cuantos compañeros... ¿A ti te parece mal que lo hiciera?

—De ninguna manera.

—Qué cosa... Nunca lo hubiera creído. Estaba segura de que serías un tipo convencional, serio... Eres tan aburrido... Debe de ser porque nunca te ríes. ¿Te has dado cuenta? ¿Por qué no te ríes nunca?

—No sé. Será por eso, porque soy convencional y aburrido, ¿no crees?

—Sí; seguramente. Pues como te decía, alquilamos el piso. Una buhardilla fantástica de la calle Curia, y todo iba muy bien hasta que un día va papá y me dice que a la residencia o a casa... Oye, ¿por qué a ti no te parecería mal?

—Si yo fuera tu padre, confiaría en ti.

—¡Ah! —exclamé abriendo la boca como una boba.

A pesar de aquella especie de bruma en que me sentía envuelta, sus palabras me sonaron a música celestial. Era exactamente lo que me hubiera gustado que pensara mi padre.

—Yo pienso si la culpa no sería de Emilio, por salir a saludarle sin pantalones.

Bueno, Guillermo cobraba vida al fin. Se reía, y además a carcajadas.

—¿De qué te ríes?

—Por un momento he imaginado la cara que pondría tu padre, con lo serio que es.

—Oye, has de saber que mi madre estaba enamorada de mi padre.

—Nunca lo he dudado.

—¡Por eso! Ella no se hubiera casado con él sin quererle. El mismo papá me lo dijo, aunque de lo que hablaba aquella noche era de terneros... ¿Por qué te estoy contando ahora lo de los terneros? ¿De qué hablábamos?

—De que Emilio salió sin pantalones.

—¡Ah, sí! Ver a Emilio en calcetines y con una toalla por la cintura fue superior a sus fuerzas. Le hizo pensar en no sé qué, espantoso, horrible... Porque los mayores siempre tienden a pensar lo peor de los jóvenes. ¡Es injusto!

—¿Qué debía pensar?

—Aunque fuera por una sola vez en la vida, la verdad... Que Emilio, al bajarse de la moto, se había enganchado el pantalón y se le había rasgado la pernera de arriba abajo, así que tuvo que pedir que alguna de las chicas le echara una mano. Irene tenía el pantalón sobre las rodillas, cosiéndolo, y mi padre ni siquiera se fijó.

—¿Por qué no se lo dijiste?

—¿Para qué? Había ido ya con mala disposición. No me hubiera creído.

—A mí me parece que sí. Tu padre es comprensivo.

—Pero berroqueño... ¿Puedo tomar otra taza de té?

Me lo sirvió él mismo. Incluso le puso una puntita de azúcar y lo mezcló con la cucharilla.

—¿Te dolió volver?

—Ni siquiera lo sé. Es que no hacía más que pensar en que papá estaba disgustado. Creo que fue ése el motivo principal, lo que me decidió, pero es que además me sentía decepcionada. Y no me preguntes la causa de la decepción, porque tampoco sabría decírtelo.

Lo cierto es que a los tres meses de estar allí, sentí lo mismo que aquel día que me miré en el espejo, allá por mis quince años. Estaba en la cola del cine para sacar entradas y delante de mí había dos hombres hablando. Y eran dos hombres normales, que no tenían pinta de viejos verdes ni nada así... No sé si me explico...

—Perfectamente.

—Pues bien, uno de ellos, que debía de ser artista, pintor, escultor o algo así, le dijo al otro que no hay obra de arte que se pueda comparar a la maravilla de una mujer desnuda. Y aunque me sorprendió, me sentí tontamente feliz, y volví al colegio contenta de ser una obra de arte por debajo de mi uniforme. Entré en mi habitación, me desnudé y tal como Dios me trajo al mundo me planté delante del espejo. Pero me miré y no me gusté nada.

—No lo puedo creer —dijo Guillermo.

Y lo hizo tan espontáneamente que casi casi desperté.

—¿Cómo dices?

—Nada, nada... ¿Y sentiste lo mismo con lo de vuestro piso?

—Exactamente. Yo admiraba a aquellos amigos. Estaban por encima de mí, eran inquietos, comprometidos, se preocupaban tanto por los demás... Parecían sufrir en su propia carne el dolor ajeno. Sufrían con los presos, los obreros, los desaparecidos y los marginados. Se preocupaban por cosas en las que yo jamás había pensado. Vivían dentro del pellejo de los demás, y a su lado yo me sentía vacía y superficial, como si fuera de non por la vida... Y quise ser útil, hacer algo, entregarme a los demás, y me fui a vivir con ellos pensando que a su lado haría algo que llenara mi vida... Tuve que trabajar, porque tal como se había puesto mi padre, me abochornaba recibir su dinero. Así que cuidaba niños, y también me llamaban de una perfumería para ayudar en los días de más trabajo, y como el tiempo no daba para más, descuidé los estudios. Me dormía sobre los libros, y pasó lo que tenía que pasar, que suspendí en junio dos asignaturas. Comencé entonces a reflexionar, a pensar en si había hecho algo que mereciera la pena a cambio de esos dos suspensos... Es que verás, una noche que tenía guardia en el hospital, me sorprendí a mí misma irritada cuando sonó el timbre, porque yo tenía que estudiar. Creía que aquella noche era mía, la necesitaba para preparar el examen del día siguiente, y ahora un enfermo me llamaba para cualquier tontería. Recuerdo que dije: «¡Pelmazo!», y al instante me avergoncé porque pensé que no era sincera. Que me resultaba muy fácil amar a tantos pobres y marginados porque no los veía ni me importunaban, y muy difícil atender a quien estaba tan cerca. Decidí que mi auténtica misión era decirle la hora por tercera o cuarta vez a aquel pobre hombre que no podía dormir. Y pasé a su lado el resto de la noche, charlando en voz baja del asalto al Cuartel de la Montaña en el que él había tomado parte, y de una hija que tenía en Ceuta, casada con un militar que estaba pensando en retirarse y poner una pequeña tienda de electrodomésticos... Cuando al fin se durmió hice el balance de aquel año y vi que seguía siendo tan inútil como al comienzo. Incluso a mis amigos los veía diferentes. Los encontraba iguales a mí. Tenían altos ideales sobre los cuales decían cosas muy bonitas, pero hacer, hacer algo concreto, útil, ¡nada!

—Es que normalmente no podemos hacer realidad los sentimientos nobles, pero pensar de una determinada manera es también muy importante.

—Es verdad, pero para eso no es necesario oponerse a todo, sea lo que sea, cruzar coches por las calles... ¡Pero si yo incluso he participado en manifestaciones sin una idea clara de lo que quería...! Además yo no hacía más que pensar en mi padre, en que no le di un beso, y quería que me perdonara y sobre todo que creyera en mí, porque yo... porque yo... —y sentí de improviso la necesidad de que también Guillermo me creyera—. Te aseguro que lo más indigno que he hecho en la vida ha sido tomarme un doble y un sencillo.

Cuando le miré había en sus ojos un gesto de infinita piedad. Bueno, no era piedad, sino algo diferente, maravilloso, que no me atrevo a pensar. Su mano oprimía la mía y sentí su calor afectuoso, que me hizo despertar completamente.

—Bueno… me voy ya —dije confusa.

—¿Tan pronto?

El sol se había escondido y pensé que había estado mucho tiempo allí, hablando sin parar y diciendo quién sabe qué cosas.

—Te aseguro que ya me siento capaz de hacer frente a mi padre, a mi abuela y al resto de la parentela con toda dignidad.

—He pasado un rato tan agradable contigo...

Algo me impulsó a abrir el bolso y sacar los pendientes.

—Eran de mi madre —le dije mientras volvía a ponérmelos—. Fíjate que lo único que recuerdo de ella es que me enseñó a hacer coronas de margaritas... No sé cómo eran sus ojos ni su voz, ¡me da una pena!

—Sí; es raro eso de los recuerdos. Yo tenía ya trece años cuando murió mi padre, y siempre que lo recuerdo lo veo cogiéndome de las manos y balanceándome en el aire, cantando: «Al chibiricón, al chibiricón saltaban la pulga y el ratón». Imagínate, un recuerdo tan infantil.

—Oye, yo me pregunto si estás seguro de que nunca nos habíamos visto antes de encontrarnos en Izar. ¿En el hospital, en el autobús o en la sala de espera del dentista?

—No. Estoy seguro de que no lo hubiera olvidado.

También él se puso de pie y salió conmigo a la Estrada, que ahora, ya casi de noche, no se movía. Era llana, y sus losas desiguales, entre las que crecía la hierba, estaban una junto a otra, a lo largo del camino, como si tal cosa...

SIETE

A Daniel parecía habérselo tragado la tierra. Desde el momento en que lo vi por última vez en la venta, discutiendo con los dos desconocidos, ya no supe de él. Su casa estaba cerrada, lo que me hacía suponer que había salido del pueblo.

Sin embargo, aquellos dos vasos de whisky apurados con rabia me habían dado una extraña madurez. Estaba segura de que ya nunca correría tras él, porque ya no era la niña que preguntaba:

—Daniel, ¿qué hora será en el reloj que te tragaste?

Quien ahora me quitaba el sueño era Guillermo. El solo hecho de pensar en volver a verle me abochornaba, porque sabía que había estado con él charlando como una posesa, pero no podía recordar qué le había dicho, aunque tenía la sospecha de haber realizado ante él un *strip-tease* sentimental francamente indecoroso.

Sin embargo, el día que lo encontré en la cocina de mi propia casa, tomando café con mi abuela, su saludo me tranquilizó. Me dio la impresión o de que había olvidado aquella tarde o de que sólo habíamos mantenido una convencional conversación sobre el tiempo.

Me senté con ellos y escuché todas las cosas que le dolían a la abuela, que ya me sé de memoria, pero ella disfruta contándolas para que veamos el carácter tan entero que tiene, aun con sus muchos achaques.

Pero me parece que Guillermo la dejó muy decepcionada cuando le dijo que la encontraba estupendamente y que siguiera tomando sus gotitas, como hasta entonces.

Pocos días después salí del pueblo y fui a la Escuela de Enfermeras para examinarme. Tuve un examen por la mañana y después fui a comer a la cafetería del hospital.

Preparé mi bandeja en la barra y con ella en las manos busqué con la vista una mesa.

Casi lo tiré todo por efecto de la sorpresa, porque en una de ellas estaba Guillermo, semioculta la cara por un periódico. Me acerqué callandito y me senté frente a él.

—¿Eres tú o tu hermano gemelo? —le dije creyéndome graciosísima.

—Soy el hermano de los gemelos —me contestó.

Y por un momento pensé que se prestaba a seguir la broma, pero su sonrisa un poco forzada me hizo pensar que no debía haberme sentado allí. Demasiado tarde me di cuenta de que sobre la mesa había dos tazas y de que en la silla cercana a la mía descansaban un bolso y una chaqueta de punto azul que nada tenían de masculino. Al mirar esos objetos me sentí inoportuna.

Una mujer rubia salió entonces de los lavabos. Tuve la seguridad de que era ella. Me levanté y volví a coger mi bandeja.

—¿Te vas? Pero si todavía no has comido —me dijo Guillermo.

—Me parece que no he sido muy oportuna —repliqué avergonzada, señalando los artilugios femeninos.

La rubia ya estaba allí. Vista de cerca no parecía tan joven, pero sí extraordinariamente guapa, y los ojos de Guillermo parecían reír cuando dijo:

—Es mi madre.

Respiré hondo, pero ¿por qué sentiría aquel alivio?

Se llamaba Ana y era muy agradable, de modo que ¿por qué Guillermo pareció molesto al verme? Daba la sensación de que le resultaba violento presentarme a su madre, aunque fue sólo un instante, porque al momento se mostró muy animado. Me dijo que volvía al pueblo esa misma tarde y que si quería me llevaba, pero yo tenía todavía otro examen, así que les dije adiós animando a Ana a pasar unos días en Izar antes de que terminara el verano.

—Te prometo que lo haré si me dan el alta los médicos.

No me atreví a preguntarle si estaba enferma. Me sorprendió su referencia a los médicos, porque su aspecto era envidiable.

Volví a verla al día siguiente, también en la cafetería, y fue ella quien se acercó a mi mesa. Parecía encantada de verme y de que comiéramos juntas. Me pidió que le indicara algunas tiendas de antigüedades para comprar unas telas, y me habló de los reposteros que hacía y de una exposición que estaba preparando.

De pronto, cuando menos lo esperaba yo, se interrumpió y quedó en silencio con los ojos fijos en el televisor.

Ante tan largo mutismo, la miré extrañada de que le pudieran interesar tanto las temperaturas extremas de Sevilla y Santiago de Compostela que en aquel momento daba el hombre del tiempo.

Al fin me miró, pero parecía como si despertara de un sueño.

—¿Puedes darme algún dinero? Prestado, por supuesto.

Su aspecto me pareció penoso, como si hubiera envejecido de repente.

—Sí; claro que sí —respondí. Y cogí el bolso convencida de que necesitaría monedas para el teléfono o el autobús—. ¿Cuánto necesitas?

—No sé... ¿Qué me puedes dar?

Sentí algo similar a la vergüenza ajena al ver que contemplaba casi con avidez el interior de mi cartera, donde yo guardaba cinco mil quinientas pesetas.

—¿Cinco mil pesetas? —le ofrecí.

Se veía claramente que no eran ni el teléfono ni el autobús lo que la preocupaban.

—Tal vez...

Se las di sin pronunciar palabra porque me había quedado atónita.

Siguió mirándome con los cinco billetes en la mano, como resistiéndose a guardarlos.

—No sé si será suficiente —dijo al fin.

—Tengo que comprar el billete para volver al pueblo —dije avergonzada.

Con aquella mirada tan triste hacía que me sintiera ruin.

Eché sobre la mesa las monedas pequeñas y conté torpemente para ver si podía reunir con ellas el importe del viaje. Después le tendí la de quinietas pesetas y sentí que cuando se la guardaba en el bolso rejuvenecía nuevamente. En cambio, yo estaba hundida. Empezaba a comprender la actitud de Guillermo la tarde anterior, porque la conducta de su madre era realmente extraña. Bueno, tal vez en el fondo se sentía tan avergonzada como yo, porque comenzó a excusarse, diciendo cosas que no tenían el menor sentido.

—Estoy tan angustiada que ya no sé a quién acudir. Mi marido te devolverá el dinero cuando regrese. Yo corro a Bayona para iniciar las negociaciones. Tengo la esperanza de que acepten tan pronto vean el cuadro, porque eran entendidos en arte, estoy segura. De lo contrario no hubieran reconocido el cuadro, ¿no te parece? ¡Pero son tan desalmados! Nada les importa matar y destruir por lograr sus ideales, y van pasando los días... Me aterra pensar que quizás no llegue a tiempo. Y mi casa... mi casa es como un velatorio, pero sin muerto.

No sé de dónde saqué fuerzas para decirle que no se preocupara y que lo del dinero no tenía importancia. No entendí nada de lo que dijo, y además yo no tenía ni idea de que hubiera vuelto a casarse.

Me dio dos emocionados besos y se fue con su aspecto de mujer eternamente joven, haciendo que a su paso se volvieran admiradas las cabezas de todo el equipo de cardiología, que tomaba café en una mesa cercana a la puerta.

Cuando me senté en el autobús todavía no había salido de mi asombro. Pensé en Guillermo, volví al momento en que lo conocí junto al puente, el día de mi vuelta a casa. Repasé las veces que había estado en su compañía y nada extraño vi en él. Podría decirse que era la discreción personificada. Incluso cuando invadí su jardín la tarde de mis dos vasos, nada me preguntó, limitándose a escuchar todas mis tonterías.

La verdad es que aunque en principio lo había acusado de comportarse como el público de un espectáculo, tan sólo la tarde anterior se había mostrado poco natural, como si no hubiera querido que me quedara a comer con ellos.

Bueno, también el día que nos encontramos en Izar Bajo. Entonces parecía intranquilo, como si yo lo hubiera pescado in fraganti, haciendo algo malo. ¿Qué es lo que hacía allí? Buscaba algo, de eso estaba segura, pero ¿qué podía ser en un rincón tan olvidado?

Me sentí curiosa. Su madre había logrado inquietarme de tal manera que decidí volver a Izar Bajo y buscar aquello que él buscaba. Fuera lo que fuera.

OCHO

Envuelta en la opresiva soledad de Izar Bajo, estudié detenidamente cada una de las casas de renegridos muros invadidas por la maleza sin encontrar en ellas nada misterioso o que se saliera de lo corriente. Dos ratas huyeron cuando me acerqué. Parecían asombradas de mi intrusión.

Confieso que en ningún momento tuve miedo, como no fuera de esas ratas, porque Izar Bajo no parecía encerrar el menor peligro, y el sentimiento que experimenté al entrar en el reducido camposanto adosado a la iglesia, fue más de respeto que de temor.

Aparté con un palo las hierbas y los matorrales que casi ocultaban las lápidas funerarias, y las contemplé admirada de que todavía estuvieran allí, de que no hubieran sido objeto de la rapiña. Eran estelas de piedra que observé desde mi modesta condición de persona no entendida en materia de arte, pero los agotes crecieron a mis ojos mostrándoseme como magníficos canteros. Como ya he dicho, sólo el aislamiento de Izar Bajo había evitado que fueran a parar a la galería de cualquier anticuario sin escrúpulos. La pena es que estaban tan recubiertas de verdín que aunque rasqué con el palo la piedra, no pude leer las inscripciones, pero volví a admirar la mano del artesano que las había tallado.

Iba ya a marcharme cuando me di cuenta de que entre toda aquella espontánea vegetación había algo llamativo. Era una porción de ortigas casi secas, cerca de la pared de la iglesia. Me acerqué despacio con el corazón latiéndome a toda prisa y mirando cautelosa a mi alrededor, porque tenía el presentimiento de que allí estaba el misterio que yo quería descubrir.

Las ortigas estaban marchitas porque no brotaban de la tierra. Parecía como si alguien las hubiera extendido por allí con el fin de ocultar algo.

Removí con un pie y, ¡cielos!, aquello no era una tumba, sino una tapa de hierro fundido de lo más prosaico, de las que se ven a cientos por las calles, que no tenía la más mínima relación con un antiguo cementerio. «Servicio Municipal de Aguas», ponía en relieve. Y un poco más abajo el nombre de la empresa fundidora.

El candado también era moderno, aunque estaba oxidado y abierto. Levanté aquella tapa sin gran esfuerzo y asomé la cabeza.

El pozo tendría dos o tres metros de profundidad, pero no parecía una alcantarilla. Las paredes eran de tierra y tenían varios listones de madera en los cuatro lados, como para impedir que se desmoronaran, pero lo curioso era que en el fondo se veían varios travesaños de madera, como si desde allí se accediera a otro lugar.

Bajé por los listones, que me sirvieron de escalera, y lo hice convencida de que iba a encontrar la secreta bodega de algún cura o sacristán borrachín de tiempos pasados.

Pero no. Nada de bodegas. Abajo había únicamente una escalera de mano, y lo que yo había visto desde arriba eran los dos peldaños inferiores. Subí por ella y me encontré nada más y nada menos que en el interior de la iglesia.

Un tenue hilillo de luz se filtraba por la aspillera del ábside, pero en aquella semipenumbra pude comprobar que no había retablos, imágenes, bancos ni confesonarios. Solamente unos tabiques del más vulgar tablero aglomerado formando una especie de habitáculo en el centro de la nave. Cuando quise entrar en él, me di un golpe en una pierna al chocar con una caja de madera. Todavía me sorprende no haber gritado, con lo dolorosos que son esos golpes, pero empezaba a sentir cierto respeto cuando alargué una mano y palpé el contenido del cajón, respeto que se trocó inmediatamente en miedo real, porque lo que allí había era perfectamente tangible.

Seis, siete, ocho... Fui incapaz de contarlos, pero eran fusiles.

Tras haberlos tocado, no me costó mucho comprender que había ido a meterme en un zulo, en uno de esos horribles lugares donde los terroristas guardan sus armas.

Si alguien experimentó alguna vez eso que dicen de que se te hiela la sangre en las venas, ese alguien fui yo. Noté un frío como de muerte porque aun confusa pude pensar que si el candado de la tapa estaba abierto, alguien había allí dentro.

Me deslicé tan rápido como pude, procurando no hacer el menor ruido. Subí por los travesaños del pozo y conservé la entereza suficiente para cerrar la tapa de hierro y cubrirla dando dos o tres puntapiés a las ortigas. Después corrí. Corrí tanto como fui capaz sin atreverme siquiera a volver la cabeza.

—Idiota —decía mi propia voz entre jadeos—. Eres una completa idiota por que no se te haya ocurrido pensar que podía tratarse de algo así. ¿Es que puede haber un escondrijo mejor? ¿Quién se acuerda de Izar Bajo? Nadie, nadie. Solamente los de Izar Alto conocemos su existencia, y más por costumbre que por superstición jamás nos acercamos... Llevamos años, años, padeciendo la tragedia del terrorismo, y tú como una imbécil buscando inscripciones entre las tumbas para ver si encuentras un apellido conocido... ¡Agotes! ¡Pensar ahora en agotes, cuando los que quedan, si es que queda alguno, ni siquiera saben que lo son! Fantasmas, sólo fantasmas, y lo que hay ahí es real, horriblemente real, y alguien ha traído esos fusiles.

Llegué a Izar Alto medio muerta de cansancio y atemorizada ante la posibilidad de que alguien me hubiera visto entrar en el zulo. Intenté animarme razonando: si la tapa de hierro estaba cubierta por las ortigas, no podía haber nadie en el interior, ya que sólo por fuera podían colocarse para ocultarla. Que el candado estuviera abierto podía deberse a un olvido o bien a que los terroristas se sentían tan seguros en aquel lugar que ya ni siquiera lo cerraban.

No sé de dónde salió la energía que daba alas a mis pies, pero hice el recorrido, cuesta arriba, a plena carrera, y todavía corría al entrar en el pueblo. Y fue justamente al cruzar el puente cuando una voz agradable dijo a mi lado:

—¿Te persigue alguien, Isábel?

—¡Ay, Daniel! ¡Vaya susto me has dado! ¿De dónde sales y dónde has estado todos estos días?

—Creía que estabas en plenos exámenes...

Traté de moderar los latidos de mi corazón para contarle lo que acababa de descubrir en la iglesia de Izar Bajo, pero le miré y me contuve.

¿Por qué iba a decirle nada? ¿Me hablaba él de su vida, de aquella vida suya de la que yo nada sabía? No le había importado dejarme el día de la fiesta, y ahora, al volverme a ver, lejos de excusarse por su descortesía, volvía a tratarme como a una niña. Yo le había hecho una pregunta y él ni siquiera me había respondido.

Estaba segura de que dado su carácter le hablaría del zulo y no mostraría el menor interés. Si me había olvidado aquel día, cuando yo me sentía tan ilusionada, ¿iba a importarle mi miedo? Y además, ¿por qué sus ojos, aquellos ojos claros que tanto me gustaban, me producían ahora inquietud?

Rendida por el cansancio, sin otro deseo que el de refugiarme en casa, decidí que nada le diría, así que comencé a dar saltitos, ora sobre un pie, ora sobre el otro, como el deportista cuyo entrenamiento han interrumpido.

—¿Te importa que siga corriendo, Daniel? Todavía me faltan unos cuantos metros y no me gustaría perder el ritmo.

Pensé que iba a seguirme porque me miró de una forma extraña, nueva. ¿Era sorpresa o ira porque por primera vez era yo quien me alejaba, como si su presencia no me importara nada? No lo sé. Pero lo cierto es que había algo enigmático en su mirada.

Eché a correr de nuevo. Y segura de que me miraba, lo hice con las rítmicas zancadas que me habían dado el título de campeona de los dos mil metros en las pruebas intercolegiales, allá por mi adolescencia... ¡Ah, mis pobres pies! ¿Cómo era posible que todavía me obedecieran?

Pero el día no había terminado y todavía me traería más sobresaltos.

Mi padre y mis hermanos estaban en la vaquería y era la hora del rosario, devoción a la que mi abuela era tan fiel; por eso esperaba encontrar la casa desierta, pese a estar la puerta abierta, porque en Izar nunca suelen cerrarse durante el día.

Jadeaba cuando entré en la sala, dispuesta a dejarme caer sobre el sillón de la abuela. Mas la sombra de un hombre junto a la ventana hizo que olvidara mi propósito. Había sido una tarde tan llena de sorpresas que me quedé espantada. No experimenté el menor alivio al reconocer a Guillermo.

¿Cómo iba a sentirlo si una vez lo había encontrado en Izar Bajo, en aquel lugar sombrío a donde nunca iba nadie? Pero dos veces fui yo y dos veces había «alguien» allí. Pensé que los dos o al menos uno de ellos podía ser el terrorista.

Me sentía como en una pesadilla. ¿Cómo podía ser que algo que a mí me parecía tan ajeno como el terrorismo hubiera entrado en la vida de una vulgar estudiante como yo?

Guillermo ni siquiera me saludó. Se acercó a mí y me dijo sin más preámbulos:

—Te agradeceré, Isabel, que no vuelvas a darle dinero a mi madre. Déjala en paz, ¿quieres?

Aquello me pareció tan injusto que me quedé mirándole sin decir una palabra. El asombro me había enmudecido.

—Mi madre está loca, ¿comprendes?

Un escalofrío me recorrió la espalda. Aquello era salir de una pesadilla para entrar en otra.

El gesto que hizo Guillermo al sacar el dinero de la cartera pudo haber sido teatral si no se hubiera enganchado en algo un doblez de uno de los billetes, lo que precipitó al exterior todo el contenido. Fue horrible.

Gateamos por el suelo para recogerlo. Un carné de una sociedad deportiva, el de identidad, tres o cuatro fotos, sellos de correos, prospectos y recetas farmacéuticas, papelitos pequeños con anotaciones y tarjetas de visita, se extendían por toda la superficie de la habitación.

—Hace años secuestraron y mataron a mi padre —dijo, a la vez que metía una mano debajo de un mueble para sacar un papel doblado en cuatro.

—Me dijiste que había muerto —repliqué.

Y creo que aquellas fueron mis primeras palabras.

—Hay tantas formas de morir...

—Sí, claro. He dicho una tontería.

—Mi madre no lo asumió, aunque últimamente estaba tan bien... Teníamos esperanzas porque siempre fue fuerte y equilibrada. Mostró una gran entereza durante el secuestro, pero el final la hundió. No quiso reconocer el cadáver de mi padre, decía que no era él. Incluso ahora, después de tantos años, cuando tiene alguna de sus crisis, cree que todavía vive, que continúa secuestrado y habla de ir a Bayona a negociar con los secuestradores. Ayer la detuvieron en la aduana intentando entrar en Francia con un cuadro. Creo que de algún modo se enteró del secuestro de ese industrial de Durango, y para mi madre todos los secuestros son el mismo: el de su marido. Como los hombres que se llevaron a mi padre mostraron admiración por un cuadro de casa, pensó que con él podía pagar el rescate. Adoptaba tales precauciones para pasar desapercibida que lo único que consiguió fue llamar la atención y que la detuvieran creyendo que el cuadro era robado.

Ya no quedaban papelitos ni documentos por el suelo, pero continuábamos de rodillas, con las palmas de las manos abiertas sobre la estera de yute.

—¿Cómo está ahora?

—Mejor... Cuando se dio cuenta de lo que había hecho pidió que me llamaran. No hace más que llorar.

También yo quería llorar... ¿Por qué no lo hacía nunca? ¿Cómo era posible que mi corazón fuera tan duro? Ni siquiera fui capaz de decirle una palabra de consuelo cuando le acompañé hasta la puerta, y eso que hubiera dado cualquier cosa por hacerlo.

Al quedarme sola miré a mi alrededor y me pareció como si el mundo se hubiera quedado vacío, que solamente yo estaba en él.

Así que no sé por qué, con aquel estado de ánimo me senté junto al costurero y comencé a ribetear con ganchillo y algodón rojo las servilletas de la mantelería a cuadros.

Y lo hacía velozmente, con una mezcla de gusto y furia, tres cadenetas, un deslizado, la ondita y un punto enano; tres cadenetas, un deslizado, la ondita y un punto enano; tres cadenetas...

NUEVE

Encontré la fotografía bajo la falda de la mesa camilla cuando limpiaba la habitación a la mañana siguiente.

Al mirarla me pareció que era Guillermo, pero al ver todo lo que rodeaba aquella imagen, comprendí que no.

Era una de esas fotos que mandan a la prensa los secuestradores para constatar que la víctima continúa con vida. Periódicos con la fecha bien visible ante ella y, al fondo, tapando la pared, un gran cartelón con los símbolos de la organización terrorista.

Entonces comprendí el porqué de aquella impresión que siempre tenía de haber visto a Guillermo con anterioridad. Se parecía a su padre, y yo había estado con él allí mismo, con aquella mesa entre nosotros.

—¡Dios mío! —dije en voz alta.

Con horror vi pasar ante mis ojos, como si se tratara de una película, imágenes que yo tenía olvidadas porque siempre tuve especial empeño en olvidar.

Pero era yo la niña que paseaba solitaria por Izar Bajo, el pueblo sombrío, pero no parecía asustada. ¿Cómo iba a estarlo si consideraba que aquel pueblo era suyo, su reino?

Se dirigió a la iglesia, subió a la única ventana y se coló por la estrecha abertura, dejándose caer en el interior.

Le sorprendió encontrar en el centro aquella extraña construcción que días atrás no estaba. La puerta se cerraba con un pestillito por el exterior, la abrió y entró.

El hombre no la miró. Tenía una baraja en una mano y colocaba las cartas en la mesa haciendo montoncitos.

—¿Jugamos a la guerra? —le preguntó la niña.

El solitario jugador levantó la cabeza, sin duda sorprendido por aquella voz infantil.

—¡Hola! ¿De dónde has salido?

—Vivo aquí, en el palacio —mintió ella—. ¿Jugamos?

El hombre sonrió y dijo que no sabía.

—¿Tan mayor? ¿Y al porrazo?

—Tampoco.

—Aunque sea a los seises sabrás, ¿no?

Sí; a los seises sabía.

—¿Cómo te llamas? —le preguntó el hombre al recibir las cartas.

—Majestad, porque soy una princesa.

Y la niña señaló con las manos la corona de margaritas que llevaba en la cabeza.

—Es verdad... No me había fijado.

—Lo malo es que jugar a las cartas dos solos es algo aburrido.

—Yo solía jugar a esto con mis hijos.

—¿Por qué no los llamas y jugamos todos?

—Están lejos, con su madre...

—¿Y por qué no han venido? ¡Lo pasaríamos tan bien! ¿Cuántos hijos tienes?

—Tres. Uno es mayor y más alto que tú, tiene ya trece años, y los otros siete. Son iguales.

—Se dice gemelos.

—Eso es.

—Jacinto y María también son gemelos.

—¿Tus hermanos?

—No. Son de la venta. Pero no se parecen nada, y además María es más alta.

Lo que sucedió a continuación, que no comprendí de niña, comenzaba ahora a tomar forma.

Otros hombres entraron en el recinto de madera, pero no eran buenos porque se cubrían la cara con pasamontañas. Gritaban y parecían muy enfadados, diciendo que yo era un grave contratiempo.

Mi nuevo amigo era el más sereno. Insistía en que no tenía la menor idea de quién era yo. Me había tomado por la hija de alguno de ellos y les suplicaba que me dejaran marchar, pero ellos querían saber quién era y por dónde había entrado, y yo no quería decirlo.

Me obstiné en no abrir la boca y lo hice solamente por molestarles.

Los encapuchados salieron del recinto, pero les oíamos discutir. Ahora pienso que estaban deliberando sobre mi suerte. Dejarme ir era muy arriesgado, pero ¿qué pasaría si me mataban? Yo era una niña, y si a cierta hora no aparecía en mi casa, no había duda de que el pueblo entero saldría en mi busca, se batirían los montes y no se libraría Izar Bajo del registro, por olvidado que estuviera aquel sombrío escondrijo.

—¿Seguimos jugando? —le pregunté a mi amigo ajena al peligro que corría.

Pero él no tenía ganas. Parecía preocupado y triste.

—¿Te estás acordando de tus hijos? —le pregunté.

Pero él no respondió.

—Es que si quieres ya no soy princesa y hacemos como si fuera tu hija.

Me pareció que tenía los ojos llenos de lágrimas cuando me estrechó entre los brazos.

Después me cogió de las manos y me hizo subir y bajar por el aire, mientras con una voz rota, como si llorara por dentro, cantaba: «Al chibiricón, al chibiricón saltaban la pulga y el ratón».

Dios mío, ¿cómo es posible que lo recordara todo, incluso ese estribillo?

Uno de los encapuchados volvió a entrar y me cogió de un brazo.

—Vamos.

—¡No quiero! ¡Quiero que os vayáis vosotros, porque yo he llegado primero, y os habéis metido en mi palacio y habéis hecho obras sin mi permiso, y yo soy la princesa.

Y volví a señalar con el índice mi corona de margaritas, como si aquella fuera una razón de peso.

—Pues ha venido a buscarte el príncipe encantado —replicó él con brusquedad.

—¡Huy, huy, huy, qué mentiroso! —reí encantada por mi descubrimiento—. Tú no eres el príncipe. Eres Daniel Jáuregui, el de casa Gorria, no disimules, ¿o te crees que no se te nota en los ojicos claros?

El silencio que siguió pesaba como una losa. Lo rompió el mismo Daniel, que me cargó sobre un hombro, como si fuera un saco de patatas, y aunque no dejé de patalear, me sacó de allí por un lugar que me llenó de asombro y que entonces me dio la impresión de estar «inundado de oscuridad».

Nunca sabré si fui absuelta o condenada, ni si fue Javier, nuestro pastor, quien salvó mi vida al aparecer de improviso en la altura del camino. Unos cuantos niños lo seguían.

—Te están buscando —me dijo Jacinto.

Me sorprendió que todos los chicos nos siguieran como en una pequeña procesión. Les saqué la lengua, pero ninguno me imitó, y que no respondieran a mi burla me inquietó.

—Menos mal que la traes —dijo Javier—. ¿Dónde estaba?

—Perdida en el monte —mintió Daniel, que al salir de la iglesia de Izar Bajo se había quitado el pasamontañas.

Aquella mirada de perro agradecido que le lancé sería la primera de toda una serie que le dedicaría después, a través de los años. Inconscientemente le apreté un poquito más la mano.

El pastor ajustó su paso al nuestro y la procesión de niños continuó detrás, y cuando avistamos mi casa, Javier le dijo a Daniel al oído, aunque no tan bajo como para que yo no pudiera oírlo:

—El ama ha muerto.

¿Fue mi voz? ¿Fui yo quien emitió aquel grito casi animal?

El ama era mi madre y había muerto sin estar yo en casa, porque me había escapado a jugar a Izar Bajo sabiendo que ella no me dejaba ir tan lejos. Y me parecía escuchar de nuevo la voz de la abuela, que unos días antes me había dicho:

—¿Otra vez te has escapado? ¿Cuándo aprenderás a ser más obediente? Tu madre está enferma y vas a matarla a disgustos con tus escapadas.

Y había ocurrido. Había vuelto a irme y mi madre había muerto y yo tenía la culpa...

Mi padre estaba en la entrada, completamente solo, y lloraba en silencio. Las lágrimas se deslizaban por sus mejillas y el abrazo que me dio avergonzó la inocencia de mis siete años, porque yo nunca había visto llorar a papá y me sentía culpable de sus lágrimas, porque si yo no me hubiera escapado, mamá no habría muerto y papá no estaría llorando.

Daniel me rescató al día siguiente. Estaba acurrucada bajo la mesa de la cocina. Todos se habían ido al entierro.

Sus pasos resonaron en el empedrado de la entrada, sus pies se fueron acercando y al fin vi su rostro como enmarcado entre las patas de madera de la mesa.

—¿Qué te pasa? ¿Estás asustada?

Asentí. Tenía un nudo en la garganta y no podía hablar.

—¿De qué tienes miedo?

—La abuela me dijo que mamá se moriría del disgusto si me escapaba a Izar Bajo, ¡y se ha muerto!

—Pero yo no le voy a decir a nadie que estabas allí. No lo diré jamás.

Daniel, Daniel... ¿Cómo pudiste hacer eso conmigo? ¿Por qué permitiste que siguiera creyendo algo tan espantoso?

Y mirando aquella foto lo comprendí. Querías sentirte seguro de mi silencio y aquélla era la forma de lograr que yo no dijera nunca que estabas en Izar Bajo y que había alguien más contigo.

Llegué a olvidarlo, porque los niños olvidan, y sobre todo porque no entendí que aquella escena, en la que yo había entrado por azar, era una verdadera tragedia.

De aquel día sólo conservé la indefinible sensación de tristeza que me embargaba al recordar a mi madre, y el deseo de complacer siempre a mi padre, de compensarle de algún modo por lo que inconscientemente creía haberle hecho perder.

Además estaba Daniel, y entre nosotros fue surgiendo día a día aquel cariño que duraría tantos años...

Mi carcajada nerviosa, casi histérica, me asustó.

¡Daniel no me quería, me tenía miedo! ¿No es absurdo? ¡Me tenía miedo!

Era el temor a que yo hablara, mientras fui niña, y a que no hubiera olvidado, cuando fui mayor, lo que le acercaba a mí. Nunca hubo tal cariño, era miedo, miedo...

Porque aquel hombre, el que cantaba el estribillo de «Al chibiricón» y jugaba solo a las cartas, había muerto esa misma noche, pero hay muchas formas de morir.

Todo adquiría sentido ahora. La mirada de disgusto de Daniel al encontrarnos en Izar Bajo, y también su sonrisa, que imaginé de alegría por volver a verme. Pero en realidad sonreía aliviado porque al fin sabía que aquel día tan lejano yo había entrado por la ventana, porque mi cuerpo, tan pequeño entonces, no tuvo dificultad para pasar, y al intentar hacerlo de nuevo, demostraba que desconocía la otra entrada, aquélla por la que una vez me había sacado.

¡Qué tranquilo debió de quedarse aquel verano que le dije que me iba!

—Daniel, ¿sabes? Ya no quiero ser princesa. Ahora quiero ser señorita. Me van a llevar al colegio, y dice la abuela que cuando vuelva seré una señorita. Y seré guapa como tía Inés. Y me escribiré en los ojos.

No sentía ahora rencor hacia él por haberme dejado sola el día de la fiesta. Ni tan siquiera tenía el amor propio herido. Pero me dolía mi infancia defraudada, pensar que todo mi amor de niña había sido vano, porque yo le había dado mi cariño y él no había sabido apreciarlo. Lo único que deseaba era mi silencio, y para conseguirlo se había servido de un temor infantil, de que mi desobediencia fuera la causa de la muerte de mi madre.

—¿Cómo pudo consentirlo? —me repetía una y otra vez.

Pero ¿qué podían importarle mis sentimientos a un hombre que ya tenía sobre sí un crimen?

Y al recordarlo noté que nacía en mí todo el horror de sentirme responsable de la muerte de aquel hombre.

DIEZ

Corrí impulsivamente hacia la Estrada para ver a Guillermo. Yo no podía guardar nuevamente otro secreto que me atormentaría toda la vida.

Aquella casa de piedra gris y ladrillo rojo, de aspecto conventual, parecía respirar paz cuando entré por la puerta del dispensario.

En la sala de espera aguardaban un hombre y una mujer. Tener que aguardar me desalentó, y una voz interior parecía decirme que me fuera, que iba a conseguir mi tranquilidad a costa de echar una nueva carga sobre Guillermo. Una carga que además no solucionaría sus problemas. Iba a marcharme cuando la mujer me miró.

—¿Y a ti, qué te pasa? —me preguntó.

Era la clásica cotilla que quiere saber las enfermedades de los demás y que siempre se encuentra en la antesala de cualquier médico.

—Nada.

Me miró extrañada. Me di cuenta de que la conocía de algo, y por lo visto también ella a mí, aunque no era de Izar.

—La abuela no estará enferma, ¿verdad?

No; mi abuela estaba perfectamente. Algún problema circulatorio y los dolorcillos reumáticos de siempre, pero nada serio. Se lo dije así.

—El padre y los hermanos, ¿fuertes?

—Sí; están muy bien.

—¡Ah! —exclamó llena de asombro.

Parecía pesarosa de que todos gozáramos de buena salud.

—He venido por una receta —dije por justificar mi presencia allí.

Que me hubiera forzado a mentir me irritó.

Tras la puerta cerrada se oía a intervalos la voz de Guillermo, que hablaba a gritos.

—¡Dos antes de la comida y dos antes de la cena!

¿Eh? ¿Qué decía la mujer aquella de que ese médico nuevo no le gustaba nada porque recetaba pocas cosas?

—¿Quiere que se lo apunte para no olvidarlo? —tronó la voz de Guillermo.

Por lo visto sí quería que se lo apuntara, a juzgar por lo que todavía tardó en salir, acompañado de su nieta, nuestro centenario Lino, el de Sabinorena, que era sordo como una tapia.

Después entró la cotilla, que también se entretuvo lo suyo. Yo estaba cada vez más nerviosa, pero ya no podía irme. Guillermo la acompañó hasta la puerta recomendándole que no madrugara tanto y me vio al pasar.

El hombre tardó menos. Ya le había dicho a la curiosa aquella que sólo iba a recoger unas medicinas.

Cuando salió me levanté de aquel banco pintado de blanco, duro como una piedra.

—Entra, Isabel —dijo él a la vez.

Al mirarlo de frente me pareció que tenía ojeras y los párpados hinchados, como si llevara muchas horas sin dormir. Sonrió, pero no me dijo nada, y yo le tendí la foto sin saber cómo empezar.

—Pensaba ir a verte —dijo por fin—. Ayer me porté mal contigo, porque no podías saber lo de la enfermedad de mi madre, y yo, en lugar de agradecer que intentaras ayudarla, te lo reproché.

Entonces empecé a gritar, a decirle a trompicones que por mi culpa habían matado a su padre. No sé qué me respondió. Me pareció oír algo así como «¿Pero qué dices?», aunque no estoy muy segura.

Lo que sí oí fueron las dos bofetadas que me dio. Una en cada mejilla. Las oí y las sentí dolorosamente, pero paré de gritar, pues la sorpresa me había dejado aturdida, y me quedé mirándole alelada, con la boca abierta.

Las lágrimas que nunca había derramado parecían querer salir de mis ojos todas a la vez, como si se empujaran.

Poco a poco volví a la realidad. Comencé a ver la bata blanca, primero de una forma borrosa y luego con mayor nitidez, y después a Guillermo, que suavemente pasaba las manos por mis ardientes mejillas, como si con aquella tímida caricia deseara borrar las bofetadas.

Entonces pude hablar con serenidad. Le conté mis escapadas de niña a Izar Bajo, donde jugaba a ser princesa, lo que me extrañó que aquel día alguien se me hubiera adelantado, y mi charla con aquel hombre, con su padre, que hacía solitarios con las cartas.

Le hablé de los encapuchados, que vieron tambalearse su seguridad ante la inesperada presencia de una niña con la que no sabían qué medidas tomar.

—Reconocí a uno de ellos. Dije su nombre y su apellido. Tu padre no podía salir de allí con vida sabiéndolo, ¿comprendes? ¡Si no lo hubiera dicho...!

—Que no te atormente esa idea. Aunque tú no hubieras existido, hubiera sido igual. Con esta fotografía llegó su sentencia de muerte. Mi padre era juez y pedían a cambio de su vida la libertad de diez de sus compañeros, y esos diez hombres continúan hoy en prisión, ¿entiendes?

Asentí. ¿Por qué me tranquilizaba? ¿Por qué era tan bueno conmigo?

—Es todo tan horrible... —suspiré—. Ahora sé lo que es odiar.

Guillermo negó con la cabeza y me contó que fueron tres los hombres que les arrancaron un día al padre, y que siempre los había odiado, hasta el punto de que su única meta de niño había sido hacerse mayor para buscarlos y matarlos.

—Ese deseo me parece ahora tan horrible como la misma muerte de mi padre, porque ¿sabes tú lo que es llegar a hombre y darte cuenta de que a lo largo de toda tu vida lo único que has hecho ha sido odiar?

—Y la maldita casualidad de que tuvieras que venir a Izar, el lugar donde encontró la muerte... ¿Cómo habrías podido imaginarlo?

—No fue casualidad. Vine porque lo sabía. Aquella noche, la del secuestro, yo era todavía tan niño como para pensar que podía salvar a mi padre de la forma más simple: avisando a la policía. Y me deslicé desde mi dormitorio hasta el despacho para llamar por teléfono. Fue una ingenuidad, porque lo primero que hicieron al entrar en casa fue cortar el hilo. Recuerdo que estando allí oí pasos y me asusté. Como no podía salir del despacho sin que me vieran, me escondí detrás de las cortinas. Nunca he pasado tanto miedo. Los dientes me castañeteaban y pensé que lo oirían, pero cuando entraron se pusieron alrededor de la mesa y hablaron en susurros. Yo no podía entender lo que decían, pero desde mi escondite veía que uno de ellos iba trazando líneas en un papel, y me quedé muy asombrado, porque lo que aquel hombre dibujó fue la Osa Mayor, pero pensé que eran rayas que hacía distraído, por eso ni siquiera lo mencioné ante la policía cuando nos interrogaron. ¡Ojalá lo hubiera hecho! Pero hace unos meses conocí a don Benjamín. Buscaba a alguien que lo sustituyera mientras le hacían una operación de cadera, y aunque estábamos con él un grupo de médicos jóvenes con muchas ganas de empezar a trabajar, no nos decidíamos a ir a un pueblo pequeño, del que jamás habíamos oído hablar, por más que él nos lo pintara con los atractivos colores y el vivo entusiasmo de la persona que ha echado raíces en él: elevado nivel de vida, grandes bosques de hayas y robles, hermosos prados donde pastaban rebaños de ovejas, vacas y caballos, grandes campos de manzanas sidreras, ciruelas, peras, membrillos, y un pintoresco río, milagrosamente incontaminado, donde abundaban las truchas de carne prieta y sabrosa.

»—*Os aseguro* —nos dijo— *que en un pueblo se aprende mucho más de lo que pensáis. ¿Por qué no me visitáis un domingo y conocéis el lugar? Estoy seguro de que más de uno me dirá que se quiere quedar. Pero os advierto que mantengo a mi clientela en tan buen estado de salud que sólo preciso un sustituto.*

»Y reía jovial. Y sin dejar de sonreír, trazó en una servilleta de papel el itinerario que debíamos seguir para llegar a Izar.

»—*Pero mucho cuidado con pasar de largo ante mi paraíso, porque si continuáis así, así y así, iréis a parar a Izar Bajo, el pueblo de los agotes, una raza marginada ya desaparecida que tenía una curiosa diferencia externa. El lóbulo de las orejas atrofiado. ¿Nunca habéis oído hablar de ellos?*

»Pero yo ya no prestaba atención. No podía apartar mis ojos de aquel papel. También él había dibujado la Osa Mayor. Me di cuenta entonces de que lo que hacía el secuestrador de mi padre era mostrar a sus compañeros el camino que debían seguir, y don Benjamín acababa de repetir aquel itinerario sobre el papel... ¿No te has fijado en que se parece a la Osa Mayor?

—Nunca he visto un plano que incluya Izar Bajo.

—No lo pensé más. Le dije a don Benjamín que me interesaba la medicina rural y que estaba dispuesto a venir inmediatamente.

—¿Por qué?

—No lo sé, porque hacía ya tiempo que había dejado de pensar en que mataría a aquellos hombres si alguna vez los encontraba. Eran cosas de niño. Sentí el impulso de venir porque quería ver dónde lo habían ocultado y recordarlo en el lugar que él vio por última vez. Un día seguí la ruta marcada por don Benjamín y me encontré en la iglesia de Izar Bajo, pero se ve que la puerta está tapiada desde hace muchos años. Sin embargo, estoy seguro de que tiene que haber una entrada.

Me asombraba que Guillermo pudiera hablar con tanta serenidad, porque a mí me temblaba la boca, como si fuera a llorar de nuevo.

—Si supieras con qué resentimiento miré estas casas al llegar... Me parecía que bajo cada tejado podía esconderse un asesino, que cada familia ocultaba un secreto, pero aquí sólo he encontrado afecto y amistad. Éste es igual a cualquier otro pueblo. Los viejos tienen reuma y arterioesclerosis, los niños pasan varicela y paperas, las mujeres dan a luz con idéntico dolor que las demás, ¿dónde está la diferencia? Ahora sólo quiero creer que éste fue únicamente el lugar donde ocultaron a mi padre y que otras personas fueron responsables de su muerte, y ese sentimiento me hace feliz y no dejaré que nada ni nadie lo cambie.

No fui capaz de decirle lo que sabía. Que la iglesia de Izar Bajo ocultaba armas en su interior y que había un hombre en Izar Alto, al menos uno, responsable de la muerte de su padre. Y me sentí abrumada por aquel secreto que pesaba más y más cada vez.

ONCE

Yo diría que mi partida de Izar fue una huida. Lo medité largamente en la cama y me pareció que era lo que debía hacer.

Salí sigilosamente, antes de que nadie se levantara, dejando una nota sobre la mesa de la cocina:

> *Tengo que presentarme hoy mismo en la Escuela de Matronas. Llamaré esta noche. Besos:*
>
> *Isabel*

Me fui antes de que amaneciera y lo hice en el camión del lechero, porque no quería esperar dos horas a la salida del autobús. Tenía prisa porque Izar se me antojaba de pronto opresivo, porque no podía olvidar a Guillermo y porque tenía miedo de Daniel.

Incluso tuve mi momento de rebeldía, pues me dio la sensación de que la vida me había tratado injustamente al hacerme participar por error en una historia en la que yo no debía ni entrar ni salir, ya que era una chica vulgar, alegre, divertida, estudiosa y tal vez un poquito superficial.

Me avergoncé de mí misma al pensar en Guillermo, que también había nacido para ser vulgar, alegre, divertido, estudioso y superficial, y sin haberlo pedido se vio mezclado en aquella misma historia, y me sorprendió descubrir dentro de mí un sentimiento de ternura hacia él.

Recordaba su modo de hablar con mi padre, poniéndose a su propio nivel, como si los litros de leche de una vaca holandesa o los piensos con que alimentaba a nuestros terneros fueran el más agradable tema de conversación.

Y cuando se interesaba por los dolores de la abuela y escuchaba con franca atención cuando ella, para decirle simplemente que le habían ido muy bien unas pildoritas amarillas que había tomado el verano anterior, le explicaba con toda suerte de detalles con quién estaba casado don Benjamín, que su mujer era hija de una maestra, hija a su vez del practicante de Vera, casado con la viuda de un notario, que era hermano del americano de Izar, que hizo fortuna en Montevideo y a su regreso compró medio pueblo, pero que tenía un hijo que le salió algo torcido, que malgastó la herencia en cuatro días y vino a casarse después con una prima de los Otazu, muy señorita, que lo cambió por completo, haciendo de él un hombre honrado a carta cabal.

Y Guillermo solía escuchar todos esos árboles genealógicos con atención, incluso le hacía preguntas, como si el tema le interesara mucho... ¿O le interesaría de veras? Yo casi llegué a creerlo así.

—¿Te ha comido la lengua el gato o te has dormido? —me dijo de pronto José Manuel.

—No... ¿Por qué?

—¿Querías que te dejara aquí, no? Pues hace un rato que hemos llegado y ni siquiera te has dado cuenta.

Intenté reír, pero me salió una mueca. Salté del camión y desde la acera le dije adiós con una mano.

Traté enseguida de localizar a mi pandilla, pero me encontré con la sorpresa de que se había deshecho. Irene me puso al corriente.

—Margarita ha dejado los estudios para dedicarse a la pintura. La detuvo la policía cuando embadurnaba la trasera del Palacio de Justicia. Estaba haciendo un mural fantástico, pidiendo una ciudad más habitable e incontaminada. Trabajó como una negra toda la noche mientras Emilio la alumbraba con una linterna. Debió de verlos algún vecino madrugador que llamó inmediatamente a la «pasma», porque no sabes tú cómo está esto de revuelto con lo del secuestro de ese chico. Los soltaron enseguida, pero a pesar de todo se armó la gorda. Oye, ¿tú te imaginabas que Margarita tuviera talento en eso de la pintura? Yo jamás lo había pensado. Te diría más bien que admitía que sus cuadros eran cuadros porque les ponía marco. Pero resulta que sí, que vale. Todo el mundo anda desfilando ante el mural, dicen que es una maravilla y que nada de quitarlo, aunque algunos puritanos pretenden que se tache eso de: «¡Basta ya de mierda!» y que se deje la eme y unos puntos suspensivos. Pues como te digo, sale Margarita de la comisaría y le empiezan a llover encargos que ni se lo cree. Ahora está decorando un parvulario de esos de elite. ¿Te la imaginas tratando con toda esa gente «mona»? En resumen, que el mundo contará con un arquitecto menos y un artista más.

—¿Y los otros?

—Flora ha dejado Pedagogía y se ha pasado a Biología, fíjate qué cambio. Rafa está en un campo de trabajo en Cuba y Emilio se interesa ahora por la meditación trascendental. Cuando nos fuimos los demás del piso, se lo quedó él y lo comparte con otros cuatro chiflados. No tienen muebles, se sientan en el suelo, hacen yoga y duermen sobre unas esteras... ¿Tú crees que para meditar hace falta tanta gaita?

—¿Y tú?

—Ahora trabajo en el ambulatorio cubriendo una baja. Es una pena que sea temporal, porque me encanta. Oye, ¿tienes alojamiento para este curso?

—Todavía no he pensado nada, pero me resisto a meterme en un colegio mayor, que es lo que le gustaría a mi padre.

—Eso ni hablar. ¿Por qué no te vienes conmigo? Estoy en un chalé fantástico en Argaray y vivo como una reina. La patrona es una viuda majísima que no se resignaba a dejar la casa, pero como es grande no puede hacer frente a los gastos y ha tomado a tres estudiantes. Está encantada con nosotras y creo que no le importaría que vinieras tú también. Yo te recomiendo que no vuelvas a lo de antes. Eso de la independencia, de vivir solo con amigos se ve muy bien desde fuera, pero lo ideal es llegar a casa y encontrar la mesa puesta, porque si estudias o trabajas a pleno rendimiento no puedes llegar a todo, y está la compra y el lavado de los platos... Además, aunque me sabe mal criticar, las hay con cara. Acuérdate de que la semana que le tocaba a Flora limpiar el baño, como no lo hacía, había que entrar a caballo en él.

—Sí, ¿y las comidas de Rafa? Sólo nos daba salchichas de lata.

Pensé que la pensión de Irene le gustaría a mi padre. Se lo diría por la noche.

Tras formalizar mi matrícula fui a ver el mural de Margarita, que estaba ya a su vez medio cubierto de pintadas. Unas la instaban a que se fuera de la ciudad si no le gustaba, otras pedían la dimisión del alcalde, las más protestaban de que a los genios los detuvieran cuando andaba suelto tanto «facha».

Y de pronto me fijé en que todas esas cosas, que hace unos meses tenían algún sentido para mí, me parecían ahora infantiles y tontas.

Por la tarde fui a casa de Irene y me encantó. Doña Victoria me aceptó como huésped y, tal como había pensado, a mi padre le pareció bien. Aunque no fuera la disciplina de la residencia, el hecho de que su hija viviera bajo la tutela de una patrona respetable se le antojaba muy sensato.

—Volveré a Izar mañana o pasado para recoger mis cosas y despedirme de todos.

Me sorprendió su respuesta.

—Si quieres te las llevo yo.

Me pareció que prefería que no fuera al pueblo. ¿Tendría miedo a que siguiera saliendo con Daniel? Estuve por decirle que no tenía nada que temer, pero no lo hice.

—Quiero decirles adiós a los chicos y a la abuela. Debe de estar muy enfadada porque no he terminado la mantelería. Dile que me traeré las servilletas y que prometo llevárselas por Navidad, planchaditas y todo.

—¡Eso no te lo crees ni tú! —exclamó riendo.

Y la verdad es que no tenía tanto interés como para ir pensando en aquella tela de cuadros rojos y blancos, que tan atragantada tuve durante todo el verano, cuando bajé del autobús y me encaminé por la Estrada.

Estaba próximo el otoño, que además en Izar suele adelantarse. A los lados del camino maduraban negras y apetecibles las moras, azulados y ácidos los pacharanes. Los árboles amarilleaban y los rosales de don Benjamín ya no tenían flores. Incluso a él mismo lo encontré marchito, apoyado en su muleta.

—¡Mi Isabelita querida! —dijo al verme, dándome un beso en cada mejilla.

El viejo médico llamaba hijos a todos los jóvenes del pueblo. Habíamos nacido y nos habíamos criado bajo su atenta mirada, y siempre decía que éramos un poco suyos.

—A ver, a ver... —dijo poniéndose a mi lado—. Ya me pasas un buen pedazo, picarona... ¡Y pensar que tu abuela decía que ibas a ser un retaco!

Pero yo, ¡qué ingratitud la mía!, miraba tras él, por encima de su hombro, sintiendo nacer la inquietud.

—¿Está usted ya bien, don Benjamín?

—Claro que sí. Todavía me ayudo un poco con la muleta, pero lo hago porque es más interesante. Creo que a las chicas os gusto más y, con un poco de suerte, ¿quién sabe?, a lo mejor todavía ligo.

—Entonces, Guillermo...

—¡Ah, Guillermo! Ese muchacho me ha desbancado... No oigo más que alabanzas para él, y no me extraña, porque ha sabido ganarse a todo el mundo. Ayer se fue.

—¿Se fue?

—Sí. Tal vez esté ya en Holanda. Sus abuelos viven allí y ha ido a acompañar a su madre, que piensa quedarse con ellos. Pero tenía intención de volver pronto ya que tiene un trabajo en perspectiva.

—¿Y no le dejó a usted su dirección?

—Quedó en escribir a su regreso, cuando ya esté instalado.

La conventual casita de piedra gris y ladrillo rojo comenzó a borrarse de mis ojos. Me pareció como si se desmoronara piedra a piedra... Y la cerca de madera y espino cubierto de bellísimas manzanitas de pastor, y los dos membrillos colmados de frutos, y el llorón, y las azules hortensias, y los geranios rojos que adornaban las ventanas...

Y ante aquella desolación que sentía, también yo me derrumbé sobre el hombro de aquel médico que era un poco como mi padre, sin avergonzarme lo más mínimo de ponerle perdida con mis lágrimas toda la parte delantera de su bata blanca.

Es que ya nada me importaba. Nada podía ser tan triste como haberme dado cuenta de que junto a mí había pasado el hombre más extraordinario del mundo, y que yo, ¡tonta de mí!, ni siquiera me había enterado.

DOCE

Ni la ausencia ni la vida estudiantil me hicieron olvidarlo, y su imagen de hombre sencillo, que nunca me había deslumbrado, desplazaba día a día a la de Daniel, que, por el contrario, me había fascinado. Y aquel rostro aparecía ante mí cuando estudiaba, en las prácticas, en la calle, en mis rezos y en mis sueños. Pero incluso éstos eran desdichados, porque siempre lo veía de espaldas, alejándose de mí, como si quisiera confirmarme la certeza de que ya nunca le volvería a ver.

Sin embargo, y pese a la tristeza de mi despertar, yo alimentaba su recuerdo rememorando las pocas ocasiones en que había hablado a solas con él, saboreando de un modo especial aquel momento, cuando en el jardín del dispensario tomó mi mano y me miró como sólo él me ha mirado... ¡Es que no podía ni quería olvidarlo!

Mas no era ése mi único motivo de inquietud. Llevaba muy pocos días en mi nuevo alojamiento, cuando mis ojos tropezaron con una noticia de primera página en el periódico: «Cuando se cumplen ya noventa y siete días del secuestro del joven industrial Gonzalo Abete, su familia continúa sin noticias de su paradero».

Estaba comiendo sola, ya que por haber tenido esa noche mi primera guardia en Maternidad me había levantado tarde, y leí aquella noticia de diferente modo a como había leído otras similares, y es que sentí como si yo formara parte de aquel mundo.

Doblé el periódico y lo dejé a un lado mientras me preguntaba en qué lugar del universo había vivido yo durante todo aquel verano si ni siquiera me había enterado de eso.

Y el caso es que Guillermo me había dicho que la recaída de su madre podía deberse a la noticia del secuestro de un industrial de Durango... Y, pensándolo bien, también Irene había comentado algo de que estaba todo muy revuelto por el secuestro de un chico... Pero como había sido un inciso en la conversación no había prestado atención.

Casi sin darme cuenta me encontré en el sótano, donde doña Victoria iba apilando los diarios atrasados, y, sentada sobre un barril de aceitunas de tamaño familiar, comencé a hojear la improvisada hemeroteca.

El suceso no se diferenciaba en gran manera de los anteriores. Gonzalo Abete, joven industrial vizcaíno, había sido secuestrado por un comando terrorista. Parecía que por haberse negado a pagar ciento veinticinco millones que la banda terrorista le había exigido como impuesto revolucionario. Dicha organización se había reconocido autora del secuestro y, según noticias sin confirmar por parte de la familia, pedía ciento cincuenta millones por su liberación.

Ése era el resumen. Pocas palabras bastaban aunque siguieran páginas y páginas de fotografías de la casa que habitaba, de su empresa de transformación de plásticos, de sus familiares y de él mismo. Nada fuera de lo habitual en esos casos que, por repetidos, desgraciadamente ya no parecían conmover a nadie, por más que para los afectados fueran únicos.

Y también para mí.

Me sentía triste, acongojada, yo, que siempre había sido una chica tan corriente, de las que debería pasar por la vida sin pena ni gloria, y que de pronto me había encontrado con que uno de mis amigos era un terrorista, y el otro, una víctima del terrorismo. Aquello no era normal, no era normal...

Subí de aquel sótano que tenía su característico olor a misterio y humedad sintiéndome sola, y es que ¿por qué de pronto aquellas dos cifras, ciento veinticinco y ciento cincuenta, martilleaban en mis oídos como queriendo que las tomase en consideración o que no las olvidara?

«Si la familia tiene tanto dinero, pagará el rescate y en cualquier momento lo dejarán libre en una carretera», pensé con cierta ligereza.

Y me sentí de nuevo abatida al recordar que también a mi amigo, al hombre que no sabía jugar ni a la guerra ni al porrazo, lo habían dejado en una carretera, pero con un tiro en la nuca.

Y mil razones a cual más pesimistas me recordaban las veces en que la víctima había sido ejecutada, y compadecía a aquella familia que estaría sin duda intentando reunir el dinero para rescatarlo o tratando de ponerse en contacto con ellos.

«Además puede ocurrir que los secuestradores se vean en peligro por cualquier circunstancia y lo maten para después huir.»

Huir...

Y yo imaginaba a unos cuantos hombres corriendo por el monte, casi doblados sus cuerpos para ocultarse entre los grandes helechos.

¿Pero por qué tenía que ver tras ellos las ruinas de Izar Bajo?

«Debo olvidarme de todo esto porque, además de que nada puedo hacer por ese pobre hombre, me he vuelto tan impresionable que terminaré completamente chiflada si no lo supero.»

Y me senté en el sofá dispuesta a sumergirme en unas insulsas revistas que había por allí.

Qué maravilla... Qué bien lo habían pasado aquel verano los famosos. Ésos sí que no tenían preocupaciones de ninguna clase. Lujosas cenas en Marbella habían reunido a artistas, aristócratas, vividores, magnates de las finanzas y jeques árabes en animada camaradería. Varios actores y actrices se habían divorciado y vuelto a casar. Algunos cantantes recorrían España de triunfo en triunfo, la familia real veraneaba en Palma y el ciclista Induráin regresaba de Atlanta tras haber conseguido el oro olímpico.

La verdad es que mirando aquellas revistas parecía que el mundo se movía bastante bien y que no eran tantos los problemas de la gente... Por mi parte, estaba segura de que en cuanto se agotara la lluvia que caía sin cesar desde hacía unos cuantos días, también yo volvería a ser la de antes.

Y para ayudarme en mi propósito de recuperar el perdido optimismo, encendí la televisión.

«Mira qué bien, una futura madre. Aquí está lo mío», pensé mirando la imagen y sintiendo que algo me unía a aquella mujer que no tendría más años que yo.

Me puse cómoda dispuesta a ver uno de esos programas de divulgación médica, gimnasia de preparación al parto, fiebre puerperal, ictericia del recién nacido, complicaciones del Rh o cualquier cosa así.

Pero no tardé en darme cuenta de que la embarazada no tenía nada que ver con la medicina. Se mantuvo durante todo el programa sentada en su silla, con gesto abatido, y no pronunció una sola palabra. Únicamente asintió con la cabeza cuando le hicieron una pregunta.

El que hablaba más era un señor de pelo gris, que estaba a su lado, y cada palabra suya me iba prendiendo en la conversación.

Eran el padre y la esposa de aquel secuestrado de veinticinco años que hacía ya tantos días faltaba de su hogar por no haber accedido a entregar ciento veinticinco millones de pesetas. Ahora eran ciento cincuenta los exigidos. Millones que el padre reconocía estar tratando de conseguir porque temían por la vida de Gonzalo.

Apagué el televisor y me puse la gabardina para ir al hospital. Comenzaba a sentir miedo. Un miedo atroz a saber demasiado, y por eso trataba de olvidar la caja llena de armas con la que había tropezado en la iglesia de Izar Bajo, cuyo solo recuerdo me atormentaba, porque el pueblo de los agotes empezó a parecerme el escondrijo ideal, el lugar de donde todo el mundo se alejaba.

«Pero si eran sólo unas pocas armas... Un zulo nada más. Habrá cientos de lugares así por todas partes...»

Y la noche transcurrió lentamente, porque apenas tuvimos trabajo, y aunque había llevado mis libros para estudiar, no podía concentrarme en ellos y recibía el llanto de los niños del nido como una liberación, acudiendo presurosa, quizá para contemplar de cerca la vida naciente y olvidarme de la muerte.

¿Qué hacía Daniel, adónde iría en aquellas ausencias del verano, de las que nada me decía? Porque claro, yo no iba a creer ahora lo que me había dicho de la ropa sucia y la lavandería... Sabía tan poco de él... ¿Habría sido el terrorismo una actividad de juventud, que ya había olvidado, o seguiría en ello? Parecía tan indiferente a todo... Hablaba con cualquiera, pero no se le conocían amistades íntimas. Solía jugar en el frontón con mi tío Santi, Miguelón y Agapito, el cabo de la guardia civil. Algunas veces incluso con Salomé, la secretaria del pueblo, aunque lo hacían a buenas, como decíamos de niños, cuando uno de los jugadores es superior al otro y sólo buscan entretenerse, pasar el rato.

La única vez que lo vi con personas desconocidas fue el día que se olvidó de mí en la venta, y fue también la única ocasión en que se mostró apasionado por algo. Recuerdo que pensé que me hubiera gustado que mi primo lo viera, por el tesón con que defendía sus intereses en la venta de unos potrillos.

Pero bueno, ¿de dónde había sacado yo la idea de que hablaba de potros? Podía tratarse de cualquier cosa, porque lo único que había oído desde mi mesa habían sido las cifras: ciento veinticinco y ciento cincuenta, para ser exactos.

Al recordarlo sentí como si el golpe de un mazo me despertara, porque eran ciento veinticinco los millones que habían pedido en principio a Gonzalo Abete, y ciento cincuenta, el precio del rescate.

¿Me creería alguien si digo que todavía me resistía a aceptarlo, que aún quería creer que eran sólo casualidades?

A partir de ese momento viví desesperada. Lo primero que hacía al levantarme de la cama era mirar el periódico con la esperanza de que aquel hombre, a quien ni siquiera conocía, hubiera sido liberado para sentirme libre yo a mi vez. Libre del miedo, libre de la angustia, libre de la responsabilidad de saber demasiado. Cada nueva decepción me entristecía más y más.

Creo que sólo el trabajo y la actividad de la escuela me hacía sentirme como antes, como el curso anterior. Era aquélla una vida tan gratificante, tan llena de compensaciones...

No puedo olvidar a aquel nuevo padre, un hombre de pueblo, con la piel curtida por el viento de La Ribera, que quiso darme una propina cuando le enseñé a su hijito recién nacido. ¡Qué empeño tan grande tenía! Estaba tan contento que me dio lástima no aceptarla, así que, para no decepcionarle, le propuse bajar a la cafetería a tomarnos un vino para celebrarlo. Se le iluminó la cara.

Y yo, al ver tan cerca de mí aquella felicidad, recordé de sopetón a otro niño que no tardaría en nacer. Al hijo de aquella mujer tan joven que había visto en la televisión. ¿Quién le esperaría ilusionado cuando llegara al mundo? Porque si aquel secuestrado moría, el niño nacería ya sin padre. Y a pesar de todos aquellos millones que estaban en situación de dar, me parecía un pobre niño porque nadie brindaría con la comadrona deseando su felicidad. Felicidad que tal vez no conociera jamás porque ya en su infancia aprendería a odiar. Y cuando se hiciera un hombre, comprendería un día que era sólo eso lo que había hecho en su vida: odiar.

¿No era eso lo que me había dicho Guillermo?

Sentí algo extraño en mi interior. Me deslicé como un ladrón dentro de un despacho y, tras comprobar que el teléfono tenía línea directa con el exterior, busqué la guía.

Ni siquiera sabía cómo hacerlo. ¿Llamaría al 091? Tal vez fuera mejor buscar el número de la comisaría...

Hice mal, puesto que es más fácil marcar tres números que seis. Lo intenté tres o cuatro veces, pero era tal mi nerviosismo que los dedos no me obedecían. Me interrumpía, volvía a empezar... ¿Y si en el momento en que yo estuviera hablando entraba alguien en aquel despacho?

—Diga.

Aquella voz parecía afable, animadora. Pensé que al fin lo había conseguido.

—Quería dar una información... —¡qué difícil me resultaba aquello! Me sentía tan mal, tan horriblemente mal—. Verá —continué—. Es sobre ese industrial de Durango... Creo que puede estar oculto en la iglesia de Izar Bajo, el pueblo de los agotes, frontera con Francia.

—Izar... ¿Izar? ¿De qué industria me habla? Veamos, ¿usted qué quiere? ¿Comprar o vender?

Creo que debía haberme dado cuenta de que algo funcionaba mal, pero los nervios me impedían pensar.

—Le aseguro que no se trata de una broma. Le estoy hablando de ese señor, que no recuerdo cómo se llama, pero que lleva algún tiempo secuestrado. En la iglesia abandonada de Izar Bajo hay un zulo con armas, y por otros detalles que sería muy largo enumerar, pienso que la pueden estar utilizando para otros fines...

Lo dije de un tirón, dispuesta a colgar inmediatamente, pero el silencio del otro lado me inquietaba.

—Le hablo en serio —insistí.

La voz sonó nerviosa, pero seguía siendo amable.

—Y bien, señora... Si usted sabe todo eso, ¿no cree que lo más sensato sería ponerlo en conocimiento de la policía?

Pensé que el mundo se hundía a mi alrededor y que yo quedaba en pie en un pedacito de él, temblando como una hoja seca.

—¿Es que no es usted el comisario? ¿No he llamado a la comisaría?

—Nada de eso. Usted ha llamado al obrador de una panadería y yo soy el primer oficial. ¡Oiga! ¡Oiga! ¿Pero está usted llorando?

Eso fue lo último que oí.

¡Una panadería! ¡Había llamado a una panadería! Era lo más estúpido que podía pasar.

Traté de hacerlo, traté de hacerlo, pero no salió bien.

Y colgué el teléfono despacio, mientras un temblor nervioso me sacudía la espalda.

TRECE

Sin embargo, al día siguiente la policía liberaría a Gonzalo Abete después de rastrear Izar Bajo.

Un hombre cuya identidad no se facilitaba había acudido a la comisaría. A sus oídos había llegado una información de manera algo insólita y, por tanto, no se sentía en absoluto seguro de que fuera cierta, pero estaba inquieto, y ante la duda había acudido a la policía para dejar el asunto en sus manos. Allí decidirían si se daba o no crédito a la noticia.

Tampoco se facilitaban los nombres de los detenidos, dos hombres y una mujer, aunque se sospechaba que algún otro miembro del comando terrorista operaba en Francia.

—¡Caray con tu pueblo! —exclamó Irene—. ¿Y ése es el idílico lugar donde nunca pasa nada? ¿Uno de los treinta y cinco municipios navarros donde ni siquiera se presentaron candidatos en las últimas elecciones?

—No es mi pueblo —protesté con la misma energía con que lo hubiera hecho la más racista de mis antepasadas.

—Pues aquí dice bien claro que antiguamente Izar Alto e Izar Bajo formaban un solo pueblo, aunque dividido en dos barrios. Oye, ¿tienes alguna sospecha de quién puede ser tu amable vecino? El autor de la denuncia, claro.

El tono de su voz me hirió. Ahora comprendía el porqué de mi estado de ánimo de los días pasados. Por qué me sentía triste y quería alejar de mí los recuerdos que me llevaban a la certeza de que en Izar Bajo se escondía algo terrible. No era sólo el dolor de ser yo al fin quien lo denunciara, como Daniel tanto había temido, sino la amargura de haberme convertido en lo que, estaba segura, mi amiga despreciaba. ¿Por qué no se le ocurriría pensar que la persona que denuncia a otra puede sufrir y desear no saber nada?

—A lo mejor ni siquiera es del pueblo —contesté.

—Pues sea quien sea, no envidio su suerte. Han detenido a tres, pero quedarán treinta más para vengarlos.

Ahora sentía miedo. Irene tenía razón. ¿Y si Daniel o alguno de los suyos sospechaba de mí?

Comencé a vivir una pesadilla que comenzó el día del tradicional partido de baloncesto entre las facultades de Derecho y Medicina, al notar fijos en mí los ojos de un espectador.

Pensé que le llamaría la atención mi pasividad, porque ni gritaba ni animaba a ninguno de los equipos, como si me hubiera metido allí por equivocación y no me importara en absoluto la victoria de uno u otro. Me levanté de mi asiento y fui a meterme entre el grupo más bullicioso.

«¡Código civil! ¡Código penal, ley de enjuiciamiento criminal! Justiniano, las pandectas, ¡Medicina a hacer puñetas!», cantaban alborozados.

¡Atiza! Había ido a meterme entre la hinchada rival. Porque aunque algunos de mis mejores amigos eran estudiantes de Derecho, en el partido los míos eran, naturalmente, los de Medicina.

—¡Paso, paso! —grité, queriendo darle a mi voz un tono alegre y abriéndome camino a empujones entre todos aquellos escandalosos picapleitos.

Y volví a ver al mismo hombre. Bueno, al menos era uno igual, con la misma barba y el mismo jersey verde, con una raya amarilla en las mangas, pero ahora mezclado como yo entre los estudiantes de Derecho.

«¡Tronco, cabeza, pecho, al cuerno los de Derecho!», gritaban desaforadamente los míos, justo al otro lado del campo. Y yo lo rodeé para situarme entre mi gente, dispuesta a animar y aplaudir como la que más.

—¿Has visto a Emilio? —me preguntó Teo, pasándome una bolsa de patatas fritas.

—Ahí lo tienes...

Al señalar con una mano sentí una gran angustia, porque ahora estaba segura. Aquel hombre volvía a estar detrás de mí.

«¿Será posible que me esté siguiendo?», pensé mirándole de reojo. Tendría unos veinticinco años, barba de color castaño, y fingía estar muy interesado en el partido.

«Me conoce. Estoy segura de que me conoce... ¿No podría ser uno de los que estaban con Daniel en la venta? Dios mío, qué miedo... Me vieron salir del zulo aquel día, ¿por qué si no los ojos de Daniel me dieron miedo? Eran los ojos de un loco... Me vio, se lo ha dicho a los otros, y ahora saben que la denuncia la hice yo.»

No pude continuar allí. Me fui del estadio antes de que terminara el partido, dando así comienzo al primer día de mi larga pesadilla.

Más bien diría que era horror. Sobre todo por los hombres de barba, que siempre creía que me seguían. En cuanto veía a uno corría a buscar refugio en el primer lugar que encontraba. Y proliferaban tanto los chicos con barba que vivía en un continuo sobresalto, entrando en la primera tienda que surgiera en mi camino, donde compraba las cosas más absurdas. Tenía en mi habitación todo un cargamento de aspirinas, una media ortopédica, pañuelos, tazas, cepillos de dientes, zapatillas, un cubo de detergente para lavavajillas, medias y calcetines de todos los colores, revistas, las obras completas de Santa Teresa de Jesús y *La cría moderna y rentable de caracoles,* varios metros de encaje y cubrepuntos, un traje de baño de competición y una sierra circular acoplable al taladro eléctrico Black & Decker, y yo no necesitaba ninguna de esas cosas cuando las compré, y además no sabía lo que diría mi padre cuando viera el uso que estaba haciendo de la tarjeta de crédito que me había dado.

Por otra parte, confieso que mi abuela se hubiera sentido orgullosa de mí, ya que jamás había ido tan bien peinada, porque las peluquerías se me revelaron como excelentes refugios. Creo que era el único lugar donde me sentía a salvo de hombres barbudos.

Un día mi miedo alcanzó visos de tragedia. Fue después de una guardia de noche, cuando terminado mi turno traté de localizar un taxi para volver a casa.

—Me sorprende que no haya en la puerta tres o cuatro. No suele hacer falta llamar —me dijo la recepcionista.

—Pues mira hoy, para una vez que quiero irme rápido...

—Yo subo ahora al centro —dijo alguien a mi lado—. Si quiere la puedo llevar.

Supuse que era el familiar de algún enfermo y acepté porque estaba muy cansada.

—Eres Isabel Iturri, ¿no? —me preguntó nada más entrar en el coche, después de hacer algún comentario sobre la niebla de aquellos días.

—Sí —contesté extrañada de que me conociera. Después le miré.

¡¡¡Tenía barba!!!

Sí; tenía barba. Además, era el mismo que me perseguía en el estadio el día del partido de baloncesto. Estuve a punto de gritar.

¿Pero cómo había sido capaz de meterme en un coche con un tipo barbudo?

Inútil fue tratar de animarme pensando que mi tío Santi y mi hermano Ramón también tenían barba y eran dos excelentes personas. Esa reflexión no me animó nada.

—No eres de aquí, ¿verdad?

Y encima me tuteaba.

—No. Soy de un pueblo.

Me sentía más y más nerviosa. Empecé a pensar desesperadamente en la forma de salir de aquel maldito coche y me reprochaba una y mil veces haber subido a él con un desconocido, porque yo jamás lo había visto en el hospital, y había surgido a mi lado como un fantasma en el momento preciso. Seguro que me estaba esperando.

—Pare —le ordené.

—¿Ocurre algo?

—Tengo que hacer unas compras.

Me miró como quien ve visiones.

—¿Unas compras ahora? ¿Aquí y a las seis de la mañana?

Y miró perplejo a ambos lados de la carretera. Era un lugar solitario, aunque a la izquierda se alzaba un taller de vulcanizados y a la derecha otro de reparación de ballestas de automóvil.

—Por favor, pare. ¿Es que no me ha entendido? —le supliqué con un hilillo de voz.

Ni siquiera contestó. Aterrada vi que seguía adelante y que se adentraba en el casco urbano, y yo, ¡tonta de mí!, apreté los labios y me cogí fuertemente con las manos a los lados del asiento, decidida a aceptar lo que pudiera venir si no con valentía, al menos con dignidad.

Lo que vino después fue la verja del jardín de mi casa. Sabía incluso dónde vivía...

—Ahora sí puedes bajar —me dijo con acritud, sin mirarme siquiera, y después añadió—: No tengo ni idea de cuál es la causa, pero jamás he visto a una mujer tan asustada a mi lado. Te aseguro que el hecho de haberte ofrecido mi coche no quiere decir que sea un sinvergüenza, y no creo haberte dado motivo en tan corto viaje para que lo pienses.

La cara me ardía. Más que colorada debía de estar granate. Sin saber qué contestar me limité a mirarle casi suplicante.

—¡Qué decepción! —exclamó cuando yo salía del coche—. Tanto tiempo esperando una oportunidad para hablar contigo, y hoy que la tengo descubro que la chica más atractiva que he visto en mi vida es tonta.

Tenía razón. Tenía toda la razón del mundo, pero ¿cómo decirle que vivía tan asustada que ya ni siquiera podía pensar que cuando un chico me miraba lo hacía solamente por eso, porque soy una chica?

Yo no podía seguir así, sin confiarme a nadie, porque estaba segura de que acabaría histérica, de que no tardaría mucho en estar completamente loca, así es que cuando entré, hice lo que debería haber hecho mucho antes. Llamé a mi padre.

—Estoy desesperada —le dije con un nudo en la garganta.

—¿Qué te ocurre?

—Fui yo quien denunció lo de Izar Bajo. Estuve allí este verano y descubrí que era un zulo... —no supe interpretar el silencio que siguió—. Papá, estoy tan asustada...

—Espera un poco —replicó.

Pensé que habría alguien en nuestra casa y que no quería que oyera nuestra conversación. Lo imaginé yendo a cerrar la puerta de la habitación, pero percibí claramente el clic que hizo el teléfono al ser colgado.

Todavía esperé un rato con la oreja pegada al auricular, pero en mi casa de Izar Alto nadie volvió a hablar. No podía entenderlo.

Debió de hacer el viaje a buena marcha, porque tardó poco más de una hora en llegar. Cuando vi la camioneta junto a la puerta y a mi padre descendiendo de ella, me sentí tan conmovida, tan emocionada, que no supe qué decir.

Tampoco él me dijo nada, pero me rodeó los hombros con un brazo mientras yo le contaba todo lo que había visto y recordado aquel verano, y sentí que su mano se crispaba cuando le hablé de Daniel y de mi infantil temor a ser yo la causante de la muerte de mamá.

—Tú sabes que tenía leucemia...

—Claro que sí. Además, lo otro, lo de Daniel, ya lo había olvidado. Si lo hubiera vuelto a pensar siquiera una vez me hubiera dado cuenta de mi ingenuidad, aunque es verdad que siempre que hablábamos de ella sentía un no se qué de tristeza. Papá, me parece que los compañeros de Daniel me siguen. Además tengo miedo de ser sospechosa, porque todo el mundo en Izar sabía de mi amistad con él.

—¡Bah! Lo que sabía todo el mundo es que era la morcilla quien corría detrás del gato —respondió con cierta amargura. Bajé la cabeza avergonzada—. Nadie ha pensado en ti. La policía se llevó a esa chica, a la secretaria que vivía con los Otazu. A ellos sí que los han mareado, pero nada tenían que ver en el asunto. Pero esa gente... ¡Lo hacía tan bien! ¿Quién lo hubiera sospechado de Daniel, que nunca dio que hablar, como no fuera que era un vago? Y ella, que hasta cantaba en el coro de la iglesia... Recibía cartas casi a diario y los Otazu pensaban que serían del novio, pero no. Resulta que eran las instrucciones de ellos. Y lo hacían por correo, con toda tranquilidad. Eran todo lo contrario a lo que uno piensa que es un terrorista, un asesino.

Se estaba bien así, con la cabeza reclinada en el hombro de papá, sentados juntos en el banco del jardín... ¡Qué distinta a aquella otra visita de hacía un año, en que lo juzgué duro y anticuado porque yo me creía capaz de hacer frente a la vida sola!

Y me enternecí cuando me dijo si quería que nos fuéramos unos días de vacaciones a Canarias. Porque mi padre jamás había disfrutado de unas vacaciones, y además Canarias debía de parecerle algo así como el fin del mundo.

No; él no podía dejar su trabajo ni yo los estudios, pero me hizo muy feliz diciéndomelo.

Y también agradecí la llamada que me hizo por la tarde el chico de la barba. Quería disculparse, pedirme perdón por haberme llamado tonta.

—¡Pero si tenías razón! —le contesté conmovida, pensando que todavía hay gente buena en el mundo—. Te confundí con otra persona, y luego, cuando te miré en el coche, resultó que no te conocía... Nunca te había visto por el hospital.

—Pues me verás mucho de ahora en adelante, porque me he incorporado este curso. Estoy en alergias. Creo que esta mañana debía haber comenzado presentándome así.

—¿Podríamos olvidar lo de esta mañana? —y reí nerviosa, porque no quería que se notara que por mi mejilla resbalaba una lágrima, despacio, despacio.

CATORCE

La visita de mi padre consiguió serenarme, pero no equilibrar mis emociones, porque a veces por cualquier tontería se me saltaban las lágrimas, y el día que murió un niño recién nacido merecí una reprimenda de la jefa de comadronas, que me dijo que en la vida tendría que afrontar tanto alegrías como desgracias, y que en nuestra profesión es preciso endurecerse.

Las prácticas y el estudio fueron mi tabla de salvación. No sé qué hubiera hecho sin ellos. Sólo ante los libros, las madres o los críos volvía a recuperar el deseo de vivir, así que no es extraño que llegara a convertirme en el comodín de las guardias nocturnas.

Recurría a mí, para que la sustituyera, la compañera que tenía un hijo enfermo, la que había pensado pasar el fin de semana en el pueblo con su familia, la invitada a una boda, y también la jefa de comadronas cuando surgía una emergencia, segura de encontrarme siempre disponible.

—¿Es casualidad que siempre nos toque trabajar juntos o es que usted no duerme? —me preguntó un día el doctor Del Olmo, un médico ya mayor, la eminencia de nuestra Maternidad.

Le llamaban el Vicediós, mote que le habían colgado las monjas de la comunidad hospitalaria al oír decir a una paciente que para ella, después de Dios, don David del Olmo.

—Claro que duermo —le contesté—. No podría estar ahora aquí si no lo hiciera.

Y me vi contenta de que el Vicediós me sonriera, y mi contento aumentó cuando más tarde le oí hablando con la jefa.

—Doña Marcela, esa estudiante jovencita, ¿cómo se llama?

—¿Isabel Iturri?

—Sí, creo que sí. Convendría seguir su pista. Es muy eficiente.

¡Qué tonta! Pues mira que casi me puse a llorar otra vez...

Me pasó lo mismo unos días después, cuando creí tener una idea genial para dar con el paradero de Guillermo.

Me dirigí al departamento de psiquiatría y pregunté la dirección de su madre. Le dije a la enfermera que se había dejado olvidadas las gafas en una mesa de la cafetería y que se las quería devolver, pero no puso el menor interés.

La verdad es que el único dato que yo tenía era su nombre, porque el apellido del marido nunca figura en los ficheros médicos.

Me respondió que aquel verano habían pasado por el departamento diez o doce mujeres llamadas Ana, y que si no sabía su apellido ni el del médico que la había atendido, nada podía hacer por mí.

—Además, hija, a buenas horas te acuerdas de enviarle las gafas. Seguro que después de tanto tiempo ya se habrá comprado otras.

Era mi último recurso y no había dado resultado. ¿Qué podía hacer sino llorar? Y es que yo no quería, no quería resignarme a no verlo más.

En eso iba pensando cuando aquella madrugada abandoné la maternidad y me encaminé a la parada del autobús. Entonces se abrió una portezuela de un coche que estaba aparcado y alguien salió de él y se puso a mi lado.

—¿Qué tal estás, Isabel?

Y yo, que había soñado noche tras noche con que llegara ese momento, al ver a Guillermo no supe qué decir. Sólo sonreí y pensé frívolamente en que también era mala suerte que después de haber frecuentado tantas peluquerías, llevara ahora el pelo recogido con un pasador, en peinado poco atractivo. Inmediatamente me avergoncé de ese pensamiento, sintiéndome vacía e insustancial.

—Estoy tratando de encontrarte desde que me enteré de lo de Izar Bajo. Estoy muy intranquilo.

—¿Por qué?

—Por ti. ¡Cómo tuviste que sufrir al dar ese paso! Sé que fue muy duro para ti avisar a la policía.

—Pero si fue un hombre... Todos los periódicos dijeron que quien acudió a la policía fue un hombre...

—Los periódicos sí... Pero los detenidos dieron los nombres de todas las personas a quienes habían ocultado en Izar Bajo, y entre ellas estaba mi padre. Nos llamaron a mis hermanos y a mí para ver si éramos capaces de reconocer a alguno, pero claro, entonces éramos unos niños... El jefe de policía nos dijo que al autor de la llamada le había telefoneado una mujer que al parecer se había equivocado de número. Que al principio no tomó en serio lo que oyó, que creyó que se trataba de una broma estúpida, pero que luego la oyó llorar... Isabel, ¿quién lloraría al entregar a Daniel?

—Ha sido todo tan horrible...

Empecé a hablar, y sentí al hacerlo que me iba quitando un enorme peso de encima, rememorando de nuevo aquella escena en la que yo, agitada, intentaba marcar aquellos seis números que parecían huir de mí.

—Cuando vi que me había equivocado no volví a insistir... Me encontraba tan mal... Llegué incluso a creer que era un aviso del cielo para que no lo hiciera, ¡qué tontería! Al día siguiente, cuando supe que el hombre se había salvado, me alegré. Guillermo, tuve que hacerlo. Ya sé que tú les has perdonado, pero yo no hacía más que pensar en ese niño, y me decía que nacería sin padre, y que tendría como tú el odio como primera escuela... Por favor, dime que me comprendes.

—¿Pero qué dices? ¡Cómo no voy a comprenderte si yo hubiera hecho lo mismo! Puedo perdonar la muerte de mi padre, pero jamás consentiría que se repitiera.

—No quiero a Daniel, pero no puedo soportar la idea de haberlo metido en la cárcel. No puedo.

—¿Y no piensas en la vida que has salvado? ¿Serías más feliz si hubieras callado? Porque ese hombre iba a morir. Los terroristas han confesado que sus enlaces en Francia se creían vigilados y que por eso no habían acudido a las diferentes citas con la familia para la entrega del rescate. Estaban ya en un callejón sin salida. ¡Pobre Isabel! ¿Te acuerdas de cuando me hablabas de los noventa mil desaparecidos de Hispanoamérica? ¿Si entonces te hubieran dicho que podías salvar a uno de ellos, no lo hubieras hecho? ¿O es que la vida sólo tiene valor cuando se cuenta por millares? —no contesté—. Este verano entraste en mi casa con un vestido rojo, ¿te acuerdas? Fue entonces cuando me dijiste que no querías pasar de non por la vida, que querías hacer algo por los demás. ¿No te das cuenta de que ya lo has hecho? Lo que pasa es que a veces el bien no es hermoso, no satisface a quien lo hace. Pero si hace trece años una chica hubiera hecho lo mismo que tú, yo tendría padre y mi madre, salud. Y todo eso te lo deberíamos a ti, y nos preguntaríamos cómo eres, y rezaríamos cada día para consolar el llanto que el panadero creyó oír.

Yo escuchaba con la cabeza baja, preguntándome por qué Guillermo sabía que era eso, precisamente eso, lo que yo necesitaba escuchar. ¿Qué importaba que hablara de mi vestido rojo, que era rosa, si en cambio recordaba lo que a mí me preocupaba, y sobre todo si estaba allí, a mi lado?

Nos quedamos en silencio, caminando sobre las hojas caídas de los árboles, mojadas por la lluvia de la noche anterior, que ahora olía tan bien. Nunca lo hubiera creído, pero empezaba a pensar que tal vez todavía podía ser feliz, y me hubiera gustado detener el tiempo allí mismo, donde ahora estábamos. Si dejando de andar lo consiguiera... Y lo hice. Fui a sentarme en el único lugar que vi cerca. En el bordillo del jardín, cruzando mis piernas enfundadas en medias rojas. En uno de aquellos catorce pares que el miedo me había hecho ir reuniendo en el cajón del armario.

Guillermo me imitó, y sentados allí fuimos testigos del más hermoso amanecer, a pesar de la ruidosa llegada de los autobuses, el camión de la basura, tres ambulancias de escandalosas sirenas y el furgón frigorífico de los productos lácteos, mientras él me contaba qué camino había seguido para encontrarme, visitando primero todas las buhardillas de la calle Curia, donde al fin, en una de ellas, un muchacho que veía la televisión cabeza abajo, sin abandonar la postura en que se hallaba, le dijo que era amigo mío y que aunque no sabía dónde vivía, podría encontrarme.

Pero él no quiso esperar. Había montado ya demasiadas guardias infructuosas en la puerta de la Maternidad, así que decidió llamar a mi padre, que fue quien le dio mi teléfono. La patrona le dijo que tenía turno de noche, así que fue a esperarme, esta vez con buena fortuna.

—¿Qué haces ahora?

—Estoy en un pueblo. Un pueblo parecido a Izar, pero sin malos recuerdos. Le mentí a don Benjamín cuando le dije que me interesaba por la medicina rural, pero ahora resulta que he encontrado mi vocación en ella.

Me habló de su casa, que tenía un jardín lleno de hortensias y una escalerita con barandilla de hierro hasta la puerta de entrada. De la gente que le rodeaba y a la que esperaba querer, de la campana de la iglesia que lo despertaba al amanecer...

Lo describía tan bien que me hizo recordar aquella otra casa donde una vez entré y lo encontré durmiendo en la hamaca, bajo el sauce llorón. Había llevado aquella imagen en mi corazón durante todos aquellos meses como el símbolo de lo que para mí representaba la felicidad.

—¿De qué hablamos?

No me entendió.

—¿Cómo que de qué hablamos? ¿Ahora?

—No, aquella tarde, después de beberme los dos whiskys.

Lo ojos de Guillermo no tenían nada de enigmáticos. Creo que reflejaban en cada momento lo que sentían, y ahora me miraban sonrientes.

—De bueyes, de duchas, de arte, de tu padre, de inquietud y generosidad, de desodorantes, de los pantalones de un tal Emilio y de la numeración romana.

—¿Tanto dio de sí la tarde?

—Sí. ¡Ah, bueno! También me dijiste que soy convencional y aburrido.

Ya no volví a mirarle, tan avergonzada me sentía, pero él se puso de pie delante de mí e hizo algo que no esperaba: abrió los brazos.

Tampoco yo pensaba que me refugiaría en ellos, y sin embargo lo hice. Incluso dejé que mi cabeza descansara junto a uno de sus hombros. ¡Si lo llega a ver la abuela!

—Siempre me has gustado. Eres tan alegre, tan llena de vida, tan guapa...

¿Guapa yo? ¿Le había gustado con mis deslucidos vaqueros, con mi pelo sin peinar, tan vituperado por mi abuela? ¿Sería por eso por lo que no recordaba que mi vestido, tan cuidadosamente elegido para gustar a otro, no era rojo, sino rosa? ¿Quería eso decir que yo le gustaba tal y como era?

No me atreví a preguntárselo porque de pronto me sentí extrañamente inquieta. Bajo un oído comencé a distinguir un imperceptible tictac. Pero pronto me tranquilicé, porque aquel sonido no era mecánico como el de un reloj, sino algo más vivo, que de pronto empezó a latir deprisa. Yo diría incluso que se desbocó cuando me dijo:

—Mi casa necesita un ama, mi pueblo una matrona, y yo a ti desesperadamente... ¿Serías capaz de querer a un hombre convencional y aburrido?

Y yo, que precisamente me estaba preguntando si debía pedirle perdón por aquella opinión mía, asentí con la cabeza y, por primera vez en mucho tiempo, reí con alegría cuando dije:

—Convencional y aburrido, ¡pero cómo te estaba esperando!

ÍNDICE

Uno 5
Dos 13
Tres 23
Cuatro 33
Cinco 43
Seis 51
Siete 65
Ocho 71
Nueve 81
Diez 91
Once 99
Doce 107
Trece 117
Catorce 127